PEMA TSEDEN

J'AI ÉCRASÉ UN MOUTON

Nouvelles traduites du chinois,
préfacées et annotées
par Brigitte Duzan

Éditions Picquier

DU MÊME AUTEUR
AUX ÉDITIONS PICQUIER

Neige

Titres originaux : *Zhuangsi le yi zhi yang ; Wo shi yi zhi zhongyang ; Qiqiu ; Yi kuai hong pu ; Zhanzhe da keshui de nühai ; Naohai zhong de liang ge ren ; Mosheng ren ; Siwang de yanse*

Mas de Vert
B.P. 20150
13631 Arles cedex

www.editions-picquier.com

En couverture : © Claud Richmond/ Unsplash

Conception graphique : Picquier & Protière

ISBN : 978-2-8097-1499-9

PRÉFACE

Réalisateur et écrivain tibétain, Pema Tseden est sans doute plus connu pour ses films que pour son œuvre littéraire. Né en 1969 dans la province du Qinghai (dans l'ancien Amdo du Tibet historique), fils de bergers nomades, il est en effet le premier réalisateur tibétain formé à l'Institut du cinéma de Pékin, devenu depuis le milieu des années 2000 le précurseur en Chine d'un cinéma tibétain authentique, réalisé par des Tibétains en tibétain. Il en est aujourd'hui le chef de file indiscuté, tout en étant aussi la tête de proue d'un cinéma chinois que l'on pourrait dire d'auteur, pour lequel son esthétique fait figure de modèle.

Cependant, l'univers cinématographique de Pema Tseden est indissociable de celui de ses nouvelles, et c'est un trait qui lui est propre : après des études de lettres et de langue, il a développé une parfaite maîtrise du chinois comme du tibétain et, avant de faire des films, a commencé par écrire des nouvelles, en tibétain et en chinois, en traduisant éventuellement ses récits d'une langue à l'autre.

C'est ainsi que le premier recueil de ses nouvelles traduites en français, *Neige*[1], paru en 2012, en comportait sept, dont trois traduites du tibétain et quatre traduites du chinois. Le présent recueil, près de dix ans plus tard, regroupe huit nouvelles, toutes traduites du chinois. C'est en effet uniquement dans cette langue qu'il écrit désormais, réservant le tibétain pour ses films, ou du moins le dialecte tibétain parlé chez lui, dans sa région natale. Les nouvelles apparaissent dans ce contexte comme une sorte d'épure traduisant son monde intérieur[2], venant en contrepoint de ses films, plus ancrés dans la réalité, une réalité qui passe par l'image et par la langue.

Par ailleurs, depuis *Tharlo*, sorti à la Biennale de Venise en août 2015, il adapte ses nouvelles à l'écran. Le récit éponyme à l'origine de ce film figurait dans *Neige* ; deux autres nouvelles, traduites dans le présent recueil, ont ensuite également été adaptées au cinéma : *J'ai écrasé un mouton* est l'une des deux nouvelles à la source du scénario du film *Jinpa* sorti en 2018 à la Biennale de Venise ; Ballon est la nouvelle dont est adapté *Balloon*, troisième film du réalisateur

1. *Neige*, recueil de sept nouvelles traduites par Françoise Robin et Brigitte Duzan, Editions Picquier, 2012.

2. Comme il l'explique dans sa préface au recueil *Neige* : « Ecrire est pour moi un moyen de parvenir à la paix… du corps et de l'esprit. (…) Je ressens en écrivant un sentiment qui tient un peu du religieux et où affleurent les idées les plus diverses. Le cinéma, lui, ne peut pas toujours parvenir à tant de pureté. »

à avoir été sélectionné à Venise, en 2019. On peut d'ailleurs quasiment les considérer comme une trilogie, représentative de l'univers de Pema Tseden.

Cet univers, on le découvre encore mieux dans les huit nouvelles du présent recueil qui, publiées entre 2013 (pour *La couleur de la mort*) et 2018 (pour *J'ai écrasé un mouton*), illustrent parfaitement le style et le mode narratif affinés par l'écrivain depuis le début des années 2010.

Les deux premières sont des histoires de moutons, moutons et bergers formant, directement ou indirectement, la toile de fond d'un univers qui est aussi celui de l'enfance, un univers bien souvent vu par les yeux d'un enfant, mais aussi bien par des jeunes et moins jeunes qui en ont gardé le regard émerveillé et innocent : de la vieille femme qui a un peu perdu la tête de *Deux hommes dans la tête* à l'enfant d'*Un foulard rouge* qui, accompagné de son ami berger, décide de rester les yeux bandés toute une journée pour pouvoir écrire la rédaction sur les aveugles qu'on lui a donnée à l'école.

Ces huit nouvelles sont écrites dans un style réaliste, apparemment simple, sans descriptions superflues, reposant beaucoup sur les dialogues, au point qu'on a presque l'impression, parfois, tant la narration est vivante, de lire un scénario prêt à être adapté à l'écran, avec même les indications scéniques précisant les gestes et expressions des personnages. Cependant, si le style paraît simple, il est en fait très habilement travaillé pour permettre au lecteur d'entrer dans la peau des personnages et d'imaginer les infimes ressorts psychologiques de leurs actions.

C'est en effet sur une analyse psychologique très subtile que sont fondés ces récits, et c'est aussi ce qui fait une grande partie de leur intérêt. Pema Tseden a lui-même souligné cet élément important de sa création littéraire, opposée ici à sa création cinématographique :

« Ma création littéraire s'explique essentiellement ainsi : en écrivant, on accède à une sorte d'état suprême où le corps et l'esprit prennent un rythme d'une lenteur merveilleuse qui permet de se détendre peu à peu… et de pénétrer dans le monde intérieur des personnages de l'histoire que l'on veut conter[1]. »

Il est toutefois un autre trait essentiel que l'on retrouve dans l'ensemble de ses nouvelles : cet univers intérieur est profondément empreint de spiritualité bouddhique. Ecraser un mouton crée un cas de conscience qu'il s'agit d'apaiser par les prières et rituels appropriés ; une grossesse devient la possibilité pour un membre de la famille de se réincarner ; la compassion est un idéal omniprésent.

Cependant, tous ces récits nous sont contés sur un ton plein d'humour, d'une ironie désopilante et d'une raillerie dévastatrice qui font feu de tout bois, même si c'est en de fines allusions, contre les compromissions du régime, mais aussi bien contre les pratiques religieuses populaires. L'histoire du bélier transporté du Xinjiang par avion pour mettre en œuvre l'un de ces projets aussi mirifiques qu'absurdes, dignes du Grand Bond

1. Addendum à la préface écrite pour le recueil *Neige*.

en avant, dont le communisme chinois a le secret, est l'exemple même de cet humour cinglant, mais elle se termine sur un ton pacifié, où la pensée bouddhique apporte une note de sérénité.

Humour et spiritualité bouddhique forment ainsi deux traits communs à tous ces récits. Ce ne sont pas les seuls. Toutes ces nouvelles sont liées entre elles, en filigrane, par des éléments narratifs récurrents : l'histoire du bélier, par exemple, se retrouve évoquée dans plusieurs autres nouvelles, de même que le thème de la grossesse est un thème important de deux autres, dans des circonstances similaires de mort et de réincarnation annoncée. Mais c'est peut-être tout simplement un nom qui est le lien le plus concret entre ces récits, en créant un effet d'appartenance de chacun des personnages à un monde tibétain rural profondément bouddhique : c'est le prénom Drolma, nom tibétain de Tara, sur lequel est fondé le fil narratif de toute une nouvelle (*Un inconnu*), et qui reparaît dans quasiment toutes les autres.

Les nouvelles de Pema Tseden sont à son image : d'une subtilité profonde où affleure comme un sourire.

BRIGITTE DUZAN

NOTE SUR LES TERMES ET NOMS TIBÉTAINS

Termes tibétains

Khata
Echarpe, blanche le plus souvent, offerte pour lui témoigner son respect et sa dévotion à un hôte que l'on veut honorer ou à un lama, voire à une représentation religieuse (statue ou autre).

Mantra des six syllabes ou de la grande compassion
C'est le mantra (formule sacrée ou invocation) du bodhisattva de la compassion Avalokitesvara (Chenrezig en tibétain ou Guanyin en chinois), dit « mantra des six syllabes » car il consiste à répéter les syllabes *Om mani padme hum.*
Avalokitesvara est considéré comme le protecteur du Tibet, le dalaï-lama en étant une émanation. Il y fait donc l'objet d'un culte particulier où ce mantra joue un rôle primordial. C'est le mantra le plus courant dans le bouddhisme tibétain, psalmodié en égrenant son chapelet ou en faisant tourner les moulins à prières.

Tsampa
Aliment traditionnel tibétain, la tsampa est de l'orge torréfiée et moulue, on en saupoudre un peu le thé

au lait ; quand la farine a gonflé, on en fait des petites boulettes avec les doigts et on les mange avec le reste du thé.

Tulku

Appelé (improprement) en chinois « Bouddha vivant », un *tulku* est une personnalité religieuse reconnue comme étant la réincarnation d'un maître ou d'un lama disparu, selon une tradition tibétaine attestée dans l'école *kagyupa* dès le XIIe siècle, et qui a été rapidement adoptée par les autres écoles du bouddhisme tibétain.

A quoi l'on peut ajouter un TERME CHINOIS :

Kang

Lit typique des régions du Nord de la Chine, et des zones tibétaines de l'Amdo (Qinghai) où se passent les récits de Pema Tseden. Constitué d'un bloc de maçonnerie creux formant une banquette surélevée, traditionnellement en brique (ou en terre cuite), chauffé de l'intérieur, le *kang* est particulièrement adapté aux climats rigoureux : il est utilisé la nuit pour dormir, mais aussi pendant la journée pour s'asseoir, bavarder, recevoir des parents et des amis ; les enfants peuvent y jouer.

Noms tibétains

Les noms des personnages sont donnés dans leur transcription directe du tibétain, et non du chinois, obligé de transcrire avec des caractères qui ne correspondent qu'imparfaitement aux noms d'origine. On retrouve certains prénoms de manière récurrente dans divers récits de Pema Tseden, comme c'est le cas dans la réalité, créant ainsi des liens entre eux et contribuant à former un même univers narratif[1]. Un prénom féminin se retrouve dans quasiment toutes les nouvelles du recueil : celui de Drolma. Il joue même un rôle central dans *Un inconnu*.

Drolma est un autre nom de Tara, divinité de l'hindouisme devenue dans le bouddhisme tibétain la Libératrice et Mère de tous les Bouddhas. C'est la divinité féminine la plus populaire au Tibet : selon une légende, elle serait née d'une larme de compassion d'Avalokitesvara... Elle a différentes émanations, regroupées en séries de vingt et une, d'où la recherche, teintée d'humour, des vingt et une Drolma de l'inconnu dans la nouvelle éponyme.

Remerciements à Françoise Robin pour son aide, à la compréhension et transcription en français des noms tibétains en particulier.

1. De même que certains thèmes narratifs, comme – entre autres – l'histoire absurde, digne du Grand Bond en avant, du grand projet d'amélioration de la race ovine, thème central de l'histoire du bélier du Xinjiang, auquel il est fait allusion dans La fille qui dormait debout.

J'AI ÉCRASÉ UN MOUTON

Il était très tôt et je dormais encore quand mon patron est venu me tirer de mes songes.

Je me rappelle que je faisais un très beau rêve, mais, une fois réveillé, j'ai oublié ce que je rêvais exactement ; je me souviens seulement que c'était très bien. Il m'a gâché le plaisir, je suis donc resté sous ma couette sans bouger.

Mon patron s'appelle Phurbu Tsering, il sent très fort, mais il a plein d'argent.

Ce matin-là, je n'avais vraiment pas envie de me lever. Je lui ai jeté un coup d'œil de dessous la couette sans dire un mot. Le soleil perçait à travers la fenêtre et réchauffait la pièce ; son odeur en était d'autant plus forte. Il a fini par empester tellement que ça m'a totalement réveillé. Il faut croire que lui ne s'en rendait pas compte, il m'a juste lancé :

— Il faut que tu ailles livrer de la marchandise.

Je suis allé ouvrir la fenêtre et lui ai répondu en tournant la tête vers l'extérieur :

— Aujourd'hui, c'est mon jour de repos.

Il a eu l'air de réaliser qu'il y avait un problème et il est allé ouvrir l'autre fenêtre.

— C'est à livrer à l'endroit habituel, en partant ce matin tu y seras dans l'après-midi, a-t-il répliqué, le visage, comme moi, tourné vers le dehors.

— Aujourd'hui, c'est mon jour de repos, ai-je répété.

— C'est aujourd'hui qu'il faut livrer la marchandise, ça n'attendra pas demain, a-t-il insisté d'un ton rieur.

— Je pensais vraiment me reposer aujourd'hui, ai-je rétorqué sur le même ton.

Alors Phurbu Tsering a ajouté :

— Je te paierai un supplément.

— Combien ? lui ai-je demandé, pris d'un doute.

— Cinq cents, a-t-il déclaré sans hésiter.

Alors je n'ai plus tergiversé ; je me suis habillé et je suis sorti avec lui.

Le chargement terminé, Phurbu Tsering m'a dit :

— Chargé comme ça, ton camion a l'air aussi robuste qu'un yak !

— C'est ce qu'on me dit souvent, lui ai-je répondu.

Il a encore ajouté que c'était bien vrai, mais je suis monté dans le camion sans plus rien dire et je suis parti. En regardant dans le rétroviseur, j'ai vu Phurbu Tsering, au loin, complètement immobile.

Un moment plus tard, je roulais déjà sur la route, dans un paysage désertique, sans l'ombre d'une présence humaine à des lieues à la ronde, un paysage d'un ennui mortel. Le camion soulevait sur son passage un nuage de poussière qui l'engloutissait presque.

Passé midi, le soleil est devenu insupportable. Je somnolais à moitié, en bâillant de temps en temps. La route devant moi s'étendait, toute droite, à l'infini. Je n'ai pas résisté à l'envie de fermer les yeux et de sommeiller un moment. Quand on est au volant d'un camion, sur ces routes désertes, cela arrive souvent. C'est aussi la raison pour laquelle il y a tant d'accidents. C'est pourquoi, pour des longs trajets de ce genre, les chauffeurs préfèrent en général partir avec quelqu'un, un jeune apprenti par exemple. C'est ce que je faisais, il y a des années de cela. Il n'était pas mal, ce jeune apprenti, il a appris très vite à conduire un camion et chaque fois que je m'endormais au volant, il me remplaçait.

Je me suis soudain réveillé, les deux mains sur le volant ; le camion continuait de rouler sur la route toute droite. J'ai eu une frayeur rétrospective en regrettant que ce jeune apprenti ne soit plus là. Mais cela ne sert à rien d'avoir des regrets. En grandissant, ce garçon était devenu très beau, je l'aimais beaucoup, mais ma fille aussi a été sensible à son charme et elle est partie avec lui ; non seulement elle n'est pas revenue, mais elle ne m'a même pas donné de ses nouvelles.

C'est moi qui l'ai élevée car ma femme est morte jeune. Mais finalement, elle est partie avec quelqu'un d'autre.

Comme ces pensées me perturbaient, j'ai fixé mon attention sur le volant en secouant la tête très fort, ce qui a fini de me réveiller.

Pour ne pas me remettre à somnoler, tout en continuant à tenir le volant de la main gauche, j'ai tendu l'autre vers le siège du passager à ma droite pour chercher une cigarette à tâtons. J'ai trouvé le paquet, j'ai passé un doigt à l'intérieur et je me suis rendu compte qu'il ne restait plus qu'une cigarette. Je l'ai prise et coincée entre mes lèvres, puis j'ai jeté un coup d'œil sur le siège du passager et j'ai vu que le briquet était à côté du paquet maintenant vide. Après avoir très vite retourné la tête vers la route, j'ai tendu la main pour saisir le briquet en tâtonnant, mais je suis d'abord tombé sur le paquet vide ; je l'ai attrapé et écrasé, mais il a fallu que je jette un autre coup d'œil rapide pour voir où était exactement le briquet et pouvoir mettre la main dessus.

Après l'avoir approché de la cigarette, j'ai encore dû m'y reprendre à plusieurs fois avant de réussir à l'allumer et en tirer une première bouffée. La fumée s'est élevée lentement en dessinant des volutes dans la cabine avant de disparaître. J'ai pris plusieurs grosses bouffées en avalant la fumée et j'ai ressenti un profond bien-être.

En se consumant entre mes doigts, la cigarette y a laissé une marque visqueuse, comme de l'huile de moteur. Finalement, elle m'a brûlé. Après avoir poussé ce qu'il en restait vers l'extrémité de mes doigts, j'ai réussi à en prendre encore une longue et dernière bouffée. Comme j'avais du mal à arrêter, j'ai quand même essayé d'en tirer une ultime bouffée, mais, cette fois, elle ne m'a laissé qu'un goût de filtre brûlé. Alors j'ai jeté le mégot par la fenêtre.

C'est alors que j'ai remarqué que je tenais encore le briquet et je l'ai posé sur le tableau de bord devant moi.

Au-dessus se balançait la photo d'un *tulku*, son visage empreint de bonté se balançait avec la photo. Ce lama était en fait mon maître ; il veillait sur moi dans la plus parfaite immobilité, et s'il ne m'était rien arrivé tout au long de mes années de chauffeur routier, c'était grâce à sa profonde mansuétude. J'ai posé les yeux sur la photo et je me suis senti gagné par une grande sérénité. Un sourire s'est dessiné sur mon visage.

La chaleur semblait avoir encore augmenté. Sur la route devant moi, elle formait comme des vagues de brume qui, en noyant le paysage, le rendaient flou. Je sentais de fines gouttes de sueur perler sur mon front. J'ai passé une main sous mon siège et je me suis mis à fouiner en faisant un bruit de quincaillerie ; finalement j'en ai ressorti une bouteille en plastique dans laquelle il ne restait malheureusement que quelques gouttes d'eau. Je l'ai quand même décapsulée avec les dents pour avaler le peu qu'il en restait. Au passage de l'eau, j'ai cru entendre dans mon gosier le grésillement caractéristique d'un feu qu'on éteint.

Mais cela a vite été terminé. J'ai violemment jeté la bouteille vide par la fenêtre et je l'ai vue dans le rétroviseur s'éloigner en planant dans l'étendue désertique, comme si elle voulait échapper à toute responsabilité à mon égard.

C'est alors que, soudain, le camion a été pris d'un violent tremblement. J'ai aussitôt décéléré tout en regardant dans le rétroviseur : sur la route, à l'arrière, il y avait quelque chose qui roulait. J'ai freiné brutalement pour arrêter le camion et j'ai jeté un nouveau coup d'œil dans le rétroviseur : la chose sur la route s'était immobilisée. Je suis resté un moment à l'observer : elle ne bougeait plus.

Je suis descendu du camion pour aller voir ce que c'était. En m'approchant, j'ai constaté que c'était un mouton. Le camion l'avait écrasé. Il était mort.

Je me suis accroupi à côté de lui : ses yeux étaient à moitié ouverts et de son museau coulait un filet de sang.

J'ai aussitôt pensé à mon maître, j'ai fermé les yeux et psalmodié plusieurs fois le mantra des six syllabes *Om mani padme hum…* Puis j'ai rouvert les yeux et scruté le lointain, mais il n'y avait strictement rien à voir. Alors j'ai reporté les yeux sur le cadavre du mouton.

Son museau saignait beaucoup plus et ses yeux à moitié ouverts avaient déjà pris un aspect vitreux.

Je me suis relevé et suis allé au bord de la route ; j'ai regardé de tous les côtés, mais il n'y avait rien, à perte de vue, que la brume de chaleur qui déroulait ses vagues ondoyantes et floues.

J'ai pris une feuille de papier dans mon sac, en ai déchiré un petit carré, puis j'ai sorti du sac un paquet de tabac ; j'en ai mis un peu sur le bout de papier que j'ai roulé soigneusement et en ai collé enfin les deux extrémités d'un coup de langue de manière à avoir une cigarette parfaite. C'est ce que je faisais chaque fois que je n'avais plus de cigarette.

J'ai mis la cigarette ainsi roulée entre mes lèvres et j'ai cherché mon briquet. Je me suis alors rappelé que je l'avais mis sur le tableau de bord du camion. Je suis donc allé le chercher dans la cabine ; j'ai ouvert la portière et l'ai pris pour allumer ma cigarette. Mais, en même temps, j'ai aperçu le visage de mon maître sur la photo suspendue au-dessus du tableau de bord. Parfaitement immobile, il me lançait un regard en coin et j'ai cru lire dans ses yeux comme un reproche. Désorienté, j'ai vite refermé la portière du camion et je me suis appuyé dessus pour fumer.

Au bout de quelques bouffées, j'ai involontairement regardé dans la direction du mouton, là-bas, qui ne bougeait plus, et tout aussi machinalement j'ai récité le mantra des six syllabes. Sur quoi j'ai de nouveau détourné la tête et je me suis remis à fumer bien que le tabac n'eût aucun goût. Je fumais tout en regardant l'étendue totalement désertique devant moi. Enfin, j'ai jeté le mégot par terre et l'ai soigneusement écrasé.

Je me suis retourné vers le mouton, parfaitement immobile, et je suis resté là, à l'observer de haut. De son museau avait coulé beaucoup de sang et il s'était coagulé pour former une grosse tache d'un rouge sombre sur la chaussée. C'était quelque chose d'étrange, que j'avais déjà vu quelque part, mais je n'arrivais pas bien à me rappeler où. Je me suis baissé pour ramasser le cadavre et je me suis relevé, le mouton dans les bras, les yeux fixés au loin sur l'horizon désert ; puis j'ai marché vers le camion et déposé le mouton mort sur le siège arrière.

Après avoir bien refermé la portière, je suis revenu vers le siège du conducteur et d'un bond m'y suis installé.

J'ai tenté de mettre le moteur en marche, mais il n'a émis que quelques *tu tu tu*, sans démarrer tout de suite. Et quand il a fini par démarrer, il a continué à faire ce même bruit bizarre, *tu tu*, *tu tu*.

Je suis resté assis calmement et j'ai regardé une nouvelle fois la photo du lama qui m'observait fixement. Il avait l'air tellement sévère que j'ai senti mon cœur se serrer. J'ai vite baissé la tête et, pressant mes deux mains l'une contre l'autre, je lui ai dit :

— J'ai écrasé ce mouton, mais vous avez vu, je ne l'ai pas fait exprès.

Quand j'ai relevé la tête, le visage du lama avait toujours la même expression.

En mon for intérieur, je lui ai adressé un mot de reproche :

— Vous ne m'avez pas mis en garde et maintenant que j'ai écrasé le mouton, vous m'accusez d'avoir mal agi.

Le visage du lama sur la photo m'a semblé prendre une expression encore plus sévère. J'étais déconcerté. J'ai tourné la tête vers l'arrière pour regarder le mouton mort. Il reposait dans la plus grande quiétude, sans bouger.

Quand j'ai retourné la tête vers la photo, il m'a semblé que le visage du lama avait changé ; il ne paraissait plus aussi terrible. Alors je me suis un peu détendu ; j'ai enclenché la première et j'ai démarré.

A ce moment-là, j'avais sans doute un air étrange : les lèvres serrées, j'étais tout entier concentré sur la conduite, et quand je me suis aperçu dans le rétroviseur, j'ai trouvé que j'avais le regard un peu perdu.

Dans l'immensité désolée qui s'étendait devant moi, la brume de chaleur s'élevait en immenses vagues. Les grosses gouttes de sueur qui perlaient sur mon front me tombaient dans les yeux en me faisant ciller, c'était difficile à supporter et cela rendait le paysage encore plus flou.

Tout à coup, j'ai remarqué une ombre noire mouvante sur la route et cela m'a réveillé. Tout en ralentissant doucement, j'ai écarquillé les yeux, mais sans parvenir à distinguer ce que cela pouvait bien être. La brume de chaleur en brouillait les contours.

J'ai appuyé sur l'accélérateur pour diminuer au plus vite la distance qui me séparait de cette forme noire. Au fur et à mesure qu'elle se rapprochait, elle devenait plus distincte mais s'est finalement révélée n'être qu'un âne. C'était vraiment décevant. Je l'ai regardé par la vitre : il avait l'œil morne et ne semblait pas conscient de la présence du camion. J'ai klaxonné à m'en crever les tympans, mais il ne semblait rien entendre ; il continuait son chemin sur le bord de la route comme si de rien n'était.

Il me désespérait, cet âne. J'ai tourné la tête pour regarder derrière moi le mouton mort, parfaitement immobile. Puis j'ai accéléré pour dépasser cet âne bizarre et penser à autre chose. Je me suis adressé au lama qui se balançait devant moi :

— Ces derniers temps, les gens sont devenus bizarres, je ne pensais pas que les ânes, eux aussi, deviendraient comme ça.

Il m'a semblé voir le lama me sourire. Il était sans doute d'accord avec moi et ça m'a fait plaisir. J'ai regardé dans le rétroviseur pour vérifier ce que faisait cet âne opiniâtre. Mais il avait disparu et je me suis senti soulagé.

Un moment plus tard, cependant, je me suis soudain demandé si je venais vraiment de voir un âne, ou si ce n'était pas simplement une illusion. Alors j'ai décidé de ne plus y penser, il y a trop de choses étranges en ce monde, il vaut mieux ne pas s'en occuper. J'ai regardé par la vitre : le regard portait encore plus loin et, dans le lointain, on apercevait une vaste étendue nébuleuse, peut-être du sable…

Le soleil se couchait sur les montagnes quand je suis enfin arrivé à l'endroit où je devais livrer la marchandise. C'était une immense cour gardée par un chien. J'ai klaxonné plusieurs fois et le chien s'est mis à aboyer, alertant de jeunes commis qui sont sortis décharger. L'un d'eux, que j'avais déjà vu auparavant, m'a demandé :

— Qu'est-ce que tu as ? Tu as l'air bizarre.

Il m'a fait rire et je lui ai répondu :

— Ce n'est rien, je suis juste un peu fatigué.

Il n'a plus rien dit. Je lui ai demandé s'il n'aurait pas une cigarette ; il m'en a donné une, me l'a allumée et je me suis mis à fumer.

Pendant ce temps, les autres déchargeaient en bavardant et en riant. Un moment plus tard, le camion était vide et les jeunes ont commencé à porter à l'intérieur de l'entrepôt les marchandises empilées dans la cour.

Le jeune commis auquel j'avais demandé une cigarette est venu me dire en riant :

— Ta Drolma vient de téléphoner ; elle voulait savoir quand tu vas passer chez elle.

— Ah bon ? ai-je répondu en riant moi aussi, il va falloir que j'y aille, alors.

Sur quoi toute la bande s'est esclaffée. J'ai demandé une autre cigarette au jeune commis qui m'a de nouveau aidé à l'allumer. Quand je suis reparti au volant du camion, pendant que je sortais de la cour, les jeunes qui croyaient que j'allais chez Drolma riaient à gorge déployée. Drolma et moi, on s'entend bien ; je l'ai connue quand ma fille est partie avec l'apprenti. Mais ce n'était pas mon intention d'aller tout de suite chez elle.

Le camion roulait en soulevant la poussière dans la rue principale de la petite bourgade, au milieu des motos des bergers qui passaient en pétaradant – un vrai danger. J'ai klaxonné je ne sais combien de fois avant d'en voir le bout.

J'ai ralenti en arrivant au marché devant l'abattoir et je me suis arrêté devant l'étal d'un boucher.

Il était justement occupé à suspendre la carcasse d'un mouton qu'il venait d'écorcher. Voyant que j'avais arrêté le camion, il m'a demandé :

— Tu viens acheter de la viande ? Regarde, celle-là est très bonne, c'est vraiment de la bonne viande !

J'ai regardé la carcasse du mouton, puis la tête patibulaire du boucher. Comme je ne lui répondais rien, il a mis entre ses dents le couteau qu'il avait à la main et a poursuivi son travail d'un air affairé sans plus s'occuper de moi.

J'ai tourné la tête pour regarder le mouton mort étendu sur le siège arrière. Un flot de sang s'écoulait maintenant de son museau, et j'ai vite détourné le regard.

Montrant la carcasse du mouton qu'il venait de suspendre, j'ai demandé au boucher :

— Le mouton entier, c'est combien ?

Pensant que je voulais l'acheter, le boucher a vite enlevé le couteau de sa bouche et m'a répondu avec un grand sourire :

— Tu veux acheter le tout ? Je peux te faire un bon prix.

— Combien ? ai-je demandé.

— Faut que je le pèse, a dit le boucher.

Il a pris la balance romaine à côté de lui et y a accroché la carcasse. Puis il a saisi un stylo inimaginablement graisseux et s'est mis à faire des calculs sur une feuille de papier tout aussi graisseuse. Au bout d'un moment, il m'a annoncé : six cent soixante-quatre. Après quoi il a attendu ma réponse en me regardant.

Comme je continuais à fixer le stylo et le papier sans rien dire, il a ajouté après y avoir jeté un coup d'œil :

— Si t'es pas sûr de mes calculs, tu peux compter toi-même, tiens.

Et il m'a tendu le stylo et la feuille de papier.

Je n'ai pu m'empêcher de rire.

— Non, ce n'est pas ce que je voulais dire, ai-je démenti, ce n'est pas ça.

Il a repoussé le stylo et la feuille de papier sur le côté, a réfléchi un instant et m'a dit :

— Voilà ce que je te propose : si tu m'achètes toute la carcasse, je te fais un prix. Je te la laisse pour six cents tout rond.

— Et si c'était un mouton vivant de la même taille, tu le vendrais combien ?

— Dans les cinq cents. Tu dois penser que je gagne beaucoup, mais en fait ce n'est pas le cas. Avec ça, je dois nourrir ma famille, j'ai du mal à joindre les deux bouts. Ce n'est pas facile.

— Je vais t'acheter la carcasse entière, lui ai-je dit sans cesser de rire, mais pas tout de suite, il faut d'abord que j'aille au monastère, j'ai une affaire à régler.

Le boucher n'a pas eu l'air content.

— Je croyais que tu voulais l'acheter ! m'a-t-il lancé.

Sur quoi il s'est refourré le couteau entre les dents et s'est remis au travail sans plus me regarder.

J'étais un peu gêné, mais je suis reparti.

Je suis arrivé très vite au monastère. Après avoir fait le tour du mur d'enceinte, je suis allé me garer non loin de l'entrée principale et j'ai vu aussitôt un mendiant s'approcher. Descendant du camion, je lui ai demandé :

— Il y a des moines, dans le monastère ?

Il s'est contenté de rire.

Après un coup d'œil sur la porte, j'ai réitéré ma question :

— Je t'ai demandé s'il y avait ou non des moines ici.

Le mendiant m'a répondu en riant :

— Bien sûr qu'il y en a. Que peut-il bien y avoir dans un monastère, sinon des moines ?

Ça m'a fait rire, moi aussi, et je lui ai dit :

— Effectivement, pour un mendiant, c'est pas bête, ce que tu dis.

— Donne-moi un peu d'argent pour que je m'achète à manger, je meurs de faim.

Il avait effectivement l'air d'avoir très faim. J'ai sorti cinq yuans de ma poche et les lui ai donnés.

Sans même un mot de remerciement, il a saisi l'argent et couru au petit magasin à côté.

J'ai ouvert la porte du camion pour en sortir le mouton mort et, le mouton dans les bras, me suis dirigé vers la porte du monastère tandis que le sang coulait goutte à goutte de son museau en faisant des taches par terre.

Le mendiant est ressorti de la boutique en tenant dans une main de quoi manger.

— Tu n'as pas refermé la porte, m'a-t-il dit tout en mangeant.

Me retournant, j'ai vu que la porte était effectivement restée ouverte.

— Si tu pouvais la fermer, ça me rendrait service, lui ai-je répondu.

Il est donc allé la fermer.

Pendant ce temps, j'ai continué à avancer vers la porte du monastère avec le mouton mort dans les bras. Quand le mendiant s'est approché et a vu le mouton, il a été très étonné :

— Qu'est-ce que c'est ? m'a-t-il demandé.

— C'est un mouton que j'ai écrasé, lui ai-je expliqué.

Le mendiant m'a observé attentivement et s'est exclamé :

— Comment peux-tu être aussi distrait quand tu conduis ?

J'ai continué à avancer sans rien répondre avec le mouton dans les bras. Arrivé devant la porte du monastère, comme je m'apprêtais à entrer, je me suis retrouvé face à face avec un vieux moine qui sortait.

Voyant le mouton mort dans mes bras, il m'a demandé :

— Qu'est-ce que c'est ?

— Un mouton mort, ai-je répondu.

Le vieux moine a aussitôt récité le mantra des six syllabes, puis il a repris :

— Pourquoi apportes-tu un mouton mort au monastère ?

— Je suis chauffeur routier, et aujourd'hui j'ai écrasé ce mouton sur la route.

Le vieux moine a psalmodié une nouvelle fois le mantra *Om mani padme hum*...

— Je ne sais pas comment ce mouton s'est retrouvé sous les roues de mon camion, ai-je ajouté.

Le vieux moine m'a lancé un regard étrange dont je n'ai pas compris la signification exacte.

Le mendiant s'est arrêté de manger et m'a regardé avec curiosité.

Un peu embarrassé, j'ai déclaré au moine :

— Je pensais demander à un moine du monastère de prier pour la transmigration de son âme.

Il m'a regardé, ébahi :

— Quoi ? Prier pour la transmigration de l'âme d'un mouton ?

— Ce mouton a certainement dû commettre une mauvaise action terrible, ai-je dit, pour mourir ainsi.

Mais j'ai aussitôt ajouté :

— Ce n'est pas que je veuille me décharger de ma responsabilité, c'est sûr que c'est moi qui l'ai écrasé. Quand je suis allé le voir, il était déjà mort.

Le mendiant me regardait d'un air stupéfait.

J'ai repris le mouton dans mes bras et je m'apprêtais à entrer dans le monastère, mais le moine m'a arrêté :

— Tu ne peux pas pénétrer dans le monastère avec ce mouton mort.

— Mais alors, qu'est-ce que je peux faire ? ai-je demandé en le dévisageant.

— Il faut que tu le remportes.

— Je pensais sincèrement demander à un moine de prier pour la transmigration de son âme.

Le visage du moine avait perdu toute trace de surprise.

Lui montrant le mouton, je lui ai dit :

— Regardez comme il a l'air pitoyable.

Le regard du moine posé sur le mouton mort dans mes bras ne présentait pas la moindre lueur de compassion. Mais j'ai insisté :

— Allez, maître, laissez-moi entrer.

— Non, a-t-il répété, il n'est pas question que tu portes ce mouton mort à l'intérieur du monastère.

— Mais alors, que faire ? Donnez-moi une idée !

Après un temps de réflexion, le vieux moine a fini par me dire :

— Pose-le par terre, je vais réciter des prières pour l'aider à transmigrer.

— Très bien, ai-je répondu après m'être donné, moi aussi, un instant de réflexion.

Le vieux moine m'a fait déposer le mouton à gauche de la porte du monastère et lui-même s'est assis à côté, jambes croisées. Après avoir pris à son poignet un bracelet de grosses perles d'un noir brillant et l'avoir passé plusieurs fois sur le cadavre du mouton, il a fermé les yeux et a commencé à réciter les mantras pour les âmes défuntes.

Le mendiant et moi l'écoutions psalmodier les yeux fermés. Au bout d'un moment, le mendiant m'a dit :

— Mais ce sont des prières pour les âmes des humains, non ?

Je n'avais pas envie de répondre, mais je n'ai pu m'empêcher de lui lancer un coup d'œil.

Le vieux moine continuait ses prières les yeux fermés. Et nous, nous regardions alternativement le mouton mort et lui qui priait.

Ses litanies achevées, il a ouvert les yeux, a prononcé une dernière fois le mantra des six syllabes et m'a dit en regardant le mouton :

— Voilà, il a réussi sa transmigration, maintenant il va pouvoir trouver seul sa voie.

J'ai sorti cinq cents yuans de ma poche pour les lui donner.

— C'est beaucoup trop, m'a-t-il dit en repoussant l'argent.

— Non, ai-je rétorqué, vous l'avez aidé à transmigrer, ça le vaut bien.

— Non, c'est vraiment trop, a répliqué le vieux moine. Je prends cent yuans, ça suffit.

— Je viens de demander à un boucher le prix d'un mouton vivant, ai-je expliqué, et il m'a dit cinq cents yuans.

Et comme le vieux moine me regardait de son air indéchiffrable, je me suis hâté d'ajouter :

— Tout ce que je souhaite, c'est l'aider à transmigrer, c'est tout ; je ne veux pas avoir de dettes envers ce mouton.

Tout en continuant à me regarder de la même manière, le vieux moine a pris cent yuans et m'a rendu le reste.

Un peu décontenancé, je me suis hâté d'insister :

— Prenez tout, c'est vraiment ce que je souhaite.

Et comme le vieux moine s'apprêtait à partir, je l'ai retenu en lui disant :

— Si vous ne voulez pas accepter tout cet argent pour vous, prenez la partie dont vous ne voulez pas pour allumer des lampes à beurre devant le Bouddha pour le mouton.

Après un moment de réflexion, le vieux moine a pris l'argent et m'a dit après l'avoir fourré dans la poche intérieure de sa robe :

— Très bien, maintenant tu peux partir.

J'ai poussé un grand soupir et lui ai demandé :

— Mais qu'est-ce que je fais du mouton ?

— Je n'en sais rien, a répondu le vieux moine.

— Donnez-moi une idée, ai-je insisté.

— Tu n'as qu'à le manger, a-t-il suggéré, de toute façon tu l'as déjà aidé à transmigrer.

— Je ne peux pas le manger, ai-je aussitôt rétorqué, je l'ai écrasé, je ne pourrai jamais le manger.

— Alors, a repris le vieux moine, apporte-le sur la plate-forme des funérailles célestes et donne-le à manger aux vautours.

— C'est possible, ça ?

— Oui, c'est possible, et tu en tireras encore plus de mérites. Ces deux derniers jours, j'ai remarqué que les vautours n'avaient rien à manger.

— C'est parfait, ai-je dit.

Mais, à ce moment-là, le mendiant m'a dit :

— Ne te donne pas tant de mal, donne-moi le mouton ; avec ça, j'ai de quoi manger pendant un mois, c'est aussi un bon moyen pour toi d'augmenter tes mérites.

J'ai regardé le mendiant, puis le vieux moine, et celui-ci m'a confirmé :

— C'est vrai, c'est aussi très bien pour toi.

Après avoir bien réfléchi, j'ai déclaré :

— Je pense que c'est mieux de le donner à manger aux vautours plutôt qu'à un homme.

Mais le mendiant n'était pas d'accord :

— Tu l'as aidé à transmigrer. Alors maintenant, que tu me le donnes à moi ou que tu l'offres aux vautours, quelle différence cela fait-il ?

— Si je te le donne, je nourris une personne ; si je le donne aux vautours, je nourris toute leur colonie, ce n'est pas pareil, non ?

Le vieux moine a approuvé :

— Bien raisonné. Donne-le donc aux vautours.

Le mendiant nous regardait d'un air furieux, le vieux moine et moi. Voyant qu'il était en colère, je lui ai dit :

— Tiens, voilà cent yuans pour t'acheter de la viande.

Et j'ai sorti cent yuans de ma poche pour les lui donner.

— Tu es vraiment très bon, m'a-t-il dit, ravi.

Le vieux moine a souri lui aussi. Je me suis tourné vers le mendiant :

— Tu vas m'aider à porter le mouton jusqu'à la plate-forme des funérailles célestes.

— D'accord, a-t-il dit.

Le mendiant et moi avons pris le mouton, l'un par les pattes de devant, l'autre par les pattes de derrière, et nous sommes partis vers la plate-forme. Quand nous nous sommes retournés, le vieux moine avait disparu.

A notre arrivée sur les lieux des funérailles célestes, j'ai vu quelques vautours posés sur la montagne en face de nous, comme s'ils nous attendaient.

Après avoir jeté le mouton sur la plate-forme, le mendiant et moi, nous nous sommes reculés de quelques pas en attendant que les vautours descendent. Ils sont arrivés en un long vol plané un instant plus tard, ont entouré le mouton mort et ont commencé à le dépecer.

— Ce mouton est vraiment heureux, a dit le mendiant.

Je n'ai rien répondu : je regardais, fasciné.

— Quand je mourrai, a encore dit le mendiant, je voudrais que mon cadavre aussi soit donné aux vautours.

Je ne sais pas pourquoi, à ce moment-là, je ressentais une grande tristesse, je ne lui ai donc rien répondu.

Les vautours lacéraient le cadavre du mouton et le déchiquetaient en sautillant de part et d'autre comme s'ils se réjouissaient de ce festin. Le mendiant et moi nous tenions, pensifs, sur le côté, en récitant le mantra des six syllabes.

Le mouton a très vite disparu. Quand il n'en est rien resté, les vautours sont repartis, comme à regret.

Le mendiant et moi sommes revenus à la porte du monastère. Quelques petits lamas étaient en train de jouer autour du camion, mais en nous voyant arriver, ils se sont enfuis.

J'ai démarré et fait mes adieux au mendiant. Il est resté là sans bouger, l'air un peu triste comme s'il regrettait de me voir partir.

Je suis revenu au stand du boucher. Il était toujours aussi occupé, son couteau entre les dents.

J'ai arrêté le camion et lui ai crié :

— Je suis revenu acheter la carcasse.

Il n'a pas eu l'air très intéressé.

— Je viens d'en vendre la moitié, il ne reste donc que l'autre moitié, m'a-t-il lancé en montrant la moitié de carcasse accrochée derrière lui.

— C'est très bien, ai-je répondu après un instant d'hésitation, j'achète la moitié qui reste.

Le boucher n'avait pas l'air très convaincu :

— Tu es sûr ? a-t-il demandé.

— Tout à fait, ai-je répliqué, je t'ai bien dit que je voulais t'acheter une carcasse, non ?

Le boucher a eu un petit rire et m'a dit en me regardant droit dans les yeux :

— Parfait.

Il a décroché la moitié de carcasse :

— Je la mets où ?

Lui montrant le siège arrière du camion, je lui ai dit de la mettre là.

Le boucher a ouvert la portière, mais au moment de poser la moitié de carcasse, il m'a demandé :

— Comment se fait-il qu'il y ait du sang sur le siège ?

J'ai regardé le siège sans rien répondre.

Le boucher a reniflé le sang et m'a dit :

— C'est du sang de mouton. Je m'y connais.

Mais je n'ai toujours rien répondu. Alors il a posé sa demi-carcasse, puis il est venu à la fenêtre de la cabine et m'a dit :

— Trois cent trente-deux.

— Tu ne m'avais pas dit que tu allais me faire un bon prix ? ai-je protesté.

— C'était parce que tu voulais acheter toute la carcasse, mais maintenant, il n'en reste que la moitié, c'est différent.

— C'est bon, c'est bon, ai-je dit, restons-en là.

Sortant l'argent de ma poche, je l'ai payé. Il était ravi :

— La prochaine fois, je te ferai un meilleur prix.

Je suis reparti en conduisant tranquillement dans la rue principale du petit bourg. Au bout d'un moment, j'ai tourné dans une ruelle étroite et me suis arrêté au bout, devant une maison qui avait l'aspect d'une boutique.

La nuit était en train de tomber. Les lampadaires se sont allumés mais les portes de la boutique étaient fermées. J'ai arrêté le moteur, éteint les phares, et je suis descendu du camion. J'ai pris la demi-carcasse sur l'épaule et suis allé frapper du poing sur la porte. La lumière s'est allumée à l'intérieur de la maison.

C'est là qu'habite mon amie, et elle adore la viande de mouton. Tout en frappant, je me disais :

Quand elle va ouvrir la porte et qu'elle va voir la demi-carcasse, elle va sauter de joie.

Comme la porte ne s'ouvrait pas, j'ai continué à frapper tout en pensant :

J'aurais mieux fait d'acheter toute la carcasse, elle aurait été encore bien plus contente.

JE SUIS UN BÉLIER

Je suis un bélier.

J'ai donc pour mission de féconder des brebis.

Cependant, je ne suis pas un bélier ordinaire : je suis le seul bélier de la prairie qui soit monté en avion.

Quand j'ai raconté cela à mes congénères, ils ne m'ont pas cru. Pour être honnête, je n'ai pas une très haute estime de tous ces béliers. Je suis intimement persuadé que je suis par nature d'un niveau nettement supérieur, mais je prends quand même la peine de leur expliquer. Ils vont bien finir par me croire, même si, à mon avis, ça va prendre du temps.

J'ai aussi expliqué à de nombreux bergers du coin que j'étais venu en avion jusqu'ici. Mais c'est comme les béliers, ils n'ont pas cru un mot de ce que je leur ai dit. Ils ont déclaré en me regardant d'un œil torve :

— Nous, on a beau être des hommes, on n'a pas encore accumulé suffisamment de mérites pour pouvoir prendre l'avion, et toi, un bélier, tu y serais arrivé ?

Je respecte leur point de vue car ce sont des hommes et je considère que les hommes sont des êtres d'un niveau un tantinet supérieur. C'est pourquoi je leur ai répondu très posément :

— Je ne suis pas un bélier ordinaire, un bélier comme tant d'autres, je suis un bélier du Xinjiang, choisi après un long processus de sélection pour être transporté par avion jusqu'à vos prairies des hauts plateaux tibétains du Qinghai.

Sur quoi, l'un des bergers a éclaté de rire et a répliqué d'un air condescendant :

— Ici, il n'y a qu'un *tulku* qui ait pris l'avion, et encore seulement une fois. Mais bien sûr, s'il a pu le faire, c'est parce qu'il a accumulé beaucoup de mérites. En prétendant que tu as pris l'avion toi aussi, voudrais-tu insinuer que tu as accumulé autant de mérites que notre *tulku* ?

Il m'arrive souvent de penser que les hommes sont des êtres vraiment stupides : ils détestent reconnaître les faits, ce qui m'enlève toute envie de leur expliquer quoi que ce soit ; mais je n'ai pu m'empêcher de leur répliquer :

— Je n'ai pas dit que mes mérites étaient supérieurs à ceux de votre *tulku*, j'ai juste dit que j'étais venu en avion. Si vous ne me croyez pas, tant pis. Je n'ai pas l'intention d'ajouter un mot de plus.

Si je n'ai pas résisté à la tentation de leur parler ainsi, c'est bien parce que ce sont des hommes. Un autre berger, cependant, s'est approché de moi pour me dire en riant :

— Ce n'est pas donné à n'importe qui de prendre l'avion, il faut avoir un statut particulier, comme le président de notre pays, par exemple, ou celui de la région, ou encore le chef du district, et bien sûr notre *tulku* – ce ne sont que des grands personnages de ce genre qui peuvent prendre l'avion. Tu comprends ? Toi, un bélier, un vulgaire animal, comment pourrais-tu avoir les mérites nécessaires ?

J'étais vraiment décidé à ne plus rien dire. Je me suis dit qu'ils avaient beau être des hommes, quelquefois ils n'étaient pas très différents de leurs béliers.

Le même berger a ajouté en s'adressant à ses congénères :

— Vous vous rappelez la fois où notre *tulku* a pris l'avion et où pratiquement tous les hommes ont enfourché leur cheval pour aller l'accueillir à son retour ? C'était vraiment un magnifique spectacle : chaque cavalier avait apporté une *khata* en cadeau ; les écharpes multicolores flottaient dans le vent comme les mille couleurs de l'arc-en-ciel, tandis que la colonne de chevaux en rangs serrés s'allongeait sur plusieurs kilomètres.

D'autres bergers ont évoqué leurs propres souvenirs de l'événement et, en les entendant, je me suis souvenu du jour où j'étais moi-même arrivé en avion : ce jour-là aussi, des gens étaient venus m'accueillir et certains m'avaient également apporté des *khata* immaculées en cadeau ; alors je n'ai pas pu m'empêcher de dire :

— Moi aussi, quand j'ai débarqué de l'avion en arrivant dans la prairie, on est venu m'offrir des *khata* !

Les bergers m'ont regardé, sidérés, et sont restés cois un bon moment avant que l'un d'eux réagisse :

— C'est vrai, ça ? Et pourquoi on t'a offert des *khata* ?

En voyant leur mine, je me suis senti un peu mal à l'aise, mais j'ai répondu :

— C'est justement parce que je ne suis pas un bélier ordinaire.

Ils se sont mis à rire. Ils ne me croyaient toujours pas et l'un d'eux m'a demandé :

— Et qui est venu t'accueillir ?

Là, j'ai réfléchi avant de répondre :

— A vrai dire, les gens venus m'accueillir n'étaient pas aussi nombreux que pour votre *tulku*, mais ils devaient bien être une centaine ; il y avait des personnalités de la région et du district, deux vétérinaires et beaucoup de vos amis bergers.

Les bergers se sont mis à rire de plus belle.

— Tu m'as l'air d'être un fameux vantard, a dit l'un d'eux.

Cette réflexion m'a quelque peu agacé, j'ai donc attendu un instant avant de répliquer :

— Mais non, je ne me vante pas, je ne fais pas le fanfaron, ne croyez pas ça. Je me rappelle très nettement la scène. Quand je suis descendu de l'avion, j'avais la tête qui tournait un peu. Tous ces officiels et ces vétérinaires, c'était sans doute la première fois qu'ils voyaient un bélier comme moi ; ils ont accroché leurs *khata* autour de mon cou en me considérant d'un air curieux. Quant aux bergers, ils ne m'ont pas offert de *khata*, ils m'ont juste regardé avec curiosité. A ce moment-là, je ne savais pas encore ce qu'était une *khata*, je n'ai appris que plus tard que c'est une marque rituelle de grand respect.

L'air furieux, un berger m'a dit comme s'il ne pouvait contenir sa colère :

— T'offrir des *khata*, à toi, un animal ! Une *khata*, c'est sacré, t'as intérêt à ne pas les salir, celles qu'on t'a offertes !

Alors là, je n'ai plus rien dit. J'ai repensé à ce type à lunettes, l'air d'un intellectuel, qui m'a accroché une grosse fleur rouge sur le front en disant :

— Je suis le vétérinaire local, sois le bienvenu sur nos si beaux hauts plateaux tibétains du Qinghai.

Un autre type qui portait une longue blouse tout abîmée s'est baissé pour examiner mes roubignoles en long, en large et en travers.

— Il est parfait, cet animal, s'est-il écrié après les avoir tâtées, palpées et soupesées, si on pesait ses testicules sur une balance, ils feraient bien deux livres, regardez un peu comme ils se balancent !

Je me rappelle qu'à ce moment-là tout le monde m'a regardé en riant.

Moi, je le dévisageais d'un air furieux. Il s'est bien rendu compte que j'étais en colère, alors il m'a dit :

— Moi aussi je suis vétérinaire, ce n'est pas la peine de te mettre en colère, ce que j'ai dit, c'était pour vanter tes qualités. C'est uniquement à cause de la taille de tes testicules que tu as eu la veine de prendre l'avion ; sinon, pourquoi les autres béliers ne le prendraient-ils pas, eux aussi ?

Tout le monde a éclaté de rire et je me suis senti encore plus embarrassé. Alors j'ai tout simplement tourné la tête pour ne plus les regarder.

Tout cela, je ne l'ai pas raconté aux bergers. Dans ma tête, je revois la binette des deux vétérinaires, celui aux lunettes et celui à la blouse tout abîmée ; ils étaient très drôles tous les deux, l'air super gêné, comme s'ils voulaient s'esquiver sans pouvoir le faire.

Sur ces entrefaites, me voyant plongé dans mes pensées, un berger m'a donné un coup de pied en disant :

— Hé, à quoi penses-tu ? Monter toutes ces brebis, c'est un boulot sérieux, ça !

Ses paroles étaient pile au cœur du sujet. Elles ont aussitôt réveillé ma conscience. En fait, comme je l'ai déjà déclaré, monter les brebis est ma mission première. Le vétérinaire à la blouse tout abîmée l'a bien dit, si je suis venu en avion, c'est pour monter les brebis et rien d'autre. Il me faut toujours garder ça en mémoire. Il ne faut surtout pas que j'oublie les raisons qui m'ont valu de voyager en avion, même si, ensuite, on m'a fait monter dans une vieille jeep déglinguée et qu'il m'a fallu faire un long périple avant d'arriver ici.

Ici c'est immense, il n'y a aucune montagne à perte de vue ; ce n'est qu'une vaste étendue désertique que j'aurais bien du mal à décrire.

Quand on m'a fait descendre de la jeep, j'ai eu du mal à ouvrir les yeux tellement la lumière était éblouissante. Je les ai ouverts tout doucement, en m'accoutumant peu à peu à cet éclat aveuglant, et j'ai découvert derrière moi quelques rangées de maisons en briques avec des charpentes en bois, apparemment pas très solides, plutôt délabrées même, en net contraste avec le vaste paysage de prairies alentour.

Le vétérinaire aux lunettes qui était en train de fumer une cigarette a craché son mégot par terre pour dire à son collègue à la blouse abîmée :

— Tu as remarqué comme il a l'air abattu, cet animal ? Ne serait-ce pas une réaction à l'altitude ?

— C'est certainement ça, a répondu l'autre, quand je suis arrivé ici, moi aussi j'ai eu des maux de tête et des vertiges, et le mal d'altitude dure longtemps !

— Mais depuis que tu as épousé la fille du chef du village, tu ne souffres plus d'aucun symptôme, a répliqué en riant le vétérinaire aux lunettes.

— Oui, a dit son collègue en riant lui aussi, mais depuis mon mariage je ne peux plus repartir d'ici ; tu vois, ce n'est pas comme cet animal qui est arrivé en avion.

— En avion, a répété le vétérinaire aux lunettes, je crois que, de toute notre existence, nous n'aurons cette chance ni l'un ni l'autre.

— Bah, tant pis, a dit celui à la blouse abîmée en poussant un soupir, inutile de nous mettre martel en tête. Quand allons-nous nous occuper de la fécondation des brebis ?

— Tu as raison, a répondu le vétérinaire aux lunettes, le secrétaire du chef de la région est très nerveux ; ils ont mobilisé les responsables de tous les villages qui ont déjà sélectionné les meilleures brebis prêtes à être fécondées.

— Mais oui, mais oui, a confirmé son collègue en riant aux éclats, il semble bien que tous les secrétaires des chefs de tous les villages du coin soient en train d'attendre le début de cette cérémonie quasi religieuse.

— Tout à fait, s'est esclaffé à son tour le vétérinaire aux lunettes, mais ce ne sera pas demain, il faut attendre qu'il se soit bien reposé, parce que, s'il ne s'est pas bien acclimaté et qu'il lui arrive quelque chose, c'est sur nous que ça retombera. On ne peut pas prendre ce risque.

— Je suis d'accord, a dit le vétérinaire à la blouse abîmée, il faut d'abord le laisser se reposer quelques jours.

— Très bien, très bien, a opiné son collègue aux lunettes avec un sourire en coin, après avoir jeté le mégot qu'il avait à la bouche. Quand même, quand tu penses que ce sont les meilleures brebis, sélectionnées exprès pour lui, qui l'attendent, il a une veine incroyable.

— Quoi, s'est exclamé l'autre, tu l'envies ? Je sens que dans ta prochaine existence, tu vas vouloir te réincarner au Xinjiang en bélier comme lui !

— Tu dis n'importe quoi, a rétorqué le vétérinaire aux lunettes en redevenant soudain très sérieux, on ne plaisante pas sur des sujets de ce genre.

— Pourquoi pas ? a continué celui à la blouse abîmée. Si j'en ai l'occasion, je veux bien me réincarner dans un bélier comme lui : outre le fait que j'aurai toutes les brebis pour moi, je pourrai aussi prendre l'avion !

— Dépêche-toi de te réincarner, alors, a dit le vétérinaire aux lunettes avec un clin d'œil, je vais prier pour que tu réussisses cette réincarnation !

Ils m'ont bien fait rire avec leurs histoires et j'ai dit au vétérinaire à la blouse abîmée :

— Eh bien moi, dans ma prochaine existence, j'aimerais me réincarner en homme. Alors si vous voulez vous réincarner en bélier, on peut échanger. Ce serait le plus efficace.

Mais, quand il a entendu ma proposition, il s'est mis en colère et m'a envoyé un coup de pied en s'écriant :

— Espèce d'enflure, toi, te réincarner en homme ? Tu peux toujours rêver ! Pour qu'un animal puisse se réincarner en homme, il lui faut avoir accumulé des mérites pendant plusieurs existences.

Alors je n'ai plus rien dit. Si j'avais répondu, il m'aurait certainement envoyé un autre coup de pied. Mais, en moi-même, je trouvais cela un peu injuste ; c'était lui qui avait dit qu'il voulait se réincarner en bélier, moi j'avais juste suggéré qu'on échange, résultat : c'était lui qui se mettait en colère ! Les hommes sont comme ça.

Voyant que je ne disais plus rien, le vétérinaire aux lunettes m'a considéré longuement et a déclaré :

— Regarde cet animal, il y a un instant, il n'avait pas l'air en grande forme, mais maintenant il va déjà un peu mieux, ces animaux ont une grande capacité d'adaptation.

— De ce côté-là, a répondu son collègue, ils sont bien plus forts que nous, les hommes.

Et ils se sont mis à rire en me regardant.

Ils m'énervaient un peu, tous les deux, et je leur ai lancé un regard furieux.

— Ce n'est pas la peine de me regarder comme ça, m'a dit le vétérinaire aux lunettes en riant, on est liés comme des sauterelles attachées à un fil ; toi, tu as pour tâche de féconder les brebis, nous, notre tâche, c'est de t'aider à le faire, en fin de compte on est tous les trois au service du peuple !

Cette idée n'a pas plu au vétérinaire à la blouse abîmée :

— A t'entendre, a-t-il dit d'un ton courroucé, on ne vaut rien à côté de cet animal !

— Nous accomplissons chacun un travail révolutionnaire, a répliqué en riant le vétérinaire aux lunettes, et ce travail n'a pas ses côtés nobles et ses côtés méprisables ; cet animal est venu ici en avion pour féconder les brebis locales, c'est aussi un travail révolutionnaire.

L'autre s'est contenté de me regarder fixement en silence.

Quinze jours plus tard, je m'étais parfaitement accoutumé à l'altitude.

C'est alors qu'a commencé la fécondation à grande échelle.

Je m'en souviens très bien : c'était un beau matin d'automne, clair et frais ; le soleil venait juste de se lever et nimbait la prairie d'une lumière dorée ; un parfum d'herbe sèche flottait dans l'air. J'ai pris une profonde inspiration, comme pour insuffler en moi et cette lumière et cette senteur, et j'ai pensé que c'était un temps idéal pour l'accouplement.

Les deux vétérinaires m'ont amené devant une rangée de barrières qui séparaient divers enclos. J'ai vu qu'il y avait là un grand nombre de brebis. En nous voyant arriver, les gens qui attendaient ont commencé à se disputer. J'ai remarqué que c'étaient ceux qui étaient venus m'accueillir à mon arrivée, quinze jours plus tôt, dont les chefs de village qui m'avaient offert des *khata*.

— Pourquoi font-ils un tel chahut ? ai-je demandé aux vétérinaires.

— Ils se disputent pour toi, a répondu celui à lunettes.

— Pour moi ? ai-je demandé, stupéfait, comment cela, pour moi ?

— Ils se disputent pour avoir ta première saillie, a répondu le vétérinaire à la blouse abîmée, mi-figue mi-raisin.

— Quoi ? ai-je demandé encore car je n'avais toujours rien compris.

— Il y a là pas mal de chefs de village, m'a expliqué sérieusement le vétérinaire aux lunettes, chacun a amené les meilleures brebis de son village pour les faire féconder et chacun voudrait avoir ta première saillie.

— La première, ai-je répondu en éclatant de rire, je l'ai offerte à une brebis du Xinjiang, chez nous, là-bas ; ça fait longtemps que je n'ai plus de première saillie à offrir.

Les deux vétérinaires n'ont pas réagi tout de suite à mes propos, mais finalement ils se sont exclamés :

— Comment, tu es venu ici pour inséminer nos brebis et tu nous dis que ce n'est pas la première fois ?

— Bien sûr que ce n'est pas la première fois, ai-je répliqué en riant, j'ai déjà fécondé une foule de brebis, et c'est bien pour la qualité des agneaux ainsi produits que j'ai été choisi pour venir ici, qui plus est en avion.

— Ah bon, se sont exclamés les deux vétérinaires comme s'ils avaient soudain reçu l'illumination, c'est donc pour cela qu'on t'a fait prendre l'avion !

— Il n'empêche que j'attends beaucoup de ma rencontre avec les brebis d'ici, ai-je répliqué avec ironie, c'est très excitant.

Les deux vétérinaires sont restés très sérieux. J'ai remarqué que leur attitude envers moi n'était plus la même et qu'ils commençaient à me regarder d'un autre œil. Ils ont interpellé les chefs de village :

— On va pouvoir commencer. Qui passe en premier ?

— Mes jeunes amis, a dit l'un des chefs de village, faudrait pas vous tromper : ce n'est pas nous qu'il s'agit de monter, mais nos brebis.

Sa plaisanterie a déclenché un éclat de rire général.

— Ben oui, a insisté un chef de village à la voix un peu éraillée, on est tous des mâles, on ne peut pas accoupler un mâle avec un mâle !

Les rires ont redoublé. Les deux vétérinaires avaient l'air un peu mal à l'aise, mais ils ont quand même déclaré d'un ton assuré :

— Bien sûr qu'on ne va pas vous féconder, on n'est pas fous ; mais il faut bien qu'on détermine dans quel ordre on va vous faire passer : on va tirer au sort.

— Regarde, a dit un chef de village de taille plutôt petite à son voisin qui, lui, était plutôt grand, tu vois, il parle encore de nous tirer au sort, comme si c'étaient nous qu'ils allaient accoupler avec ce bélier.

— Avec tout ça, regarde l'heure qu'il est, a dit le plus grand des deux au plus petit, il faudrait se dépêcher de tirer au sort ; le plus important est que nos brebis soient fécondées par ce bélier et qu'on n'en parle plus.

Pendant ce temps, le vétérinaire à la blouse abîmée avait préparé des bouts de papier pour le tirage au sort et les avait mis dans un bol pour que les chefs de village en choisissent chacun un. Avant le début du tirage, cependant, l'un d'eux a protesté :

— Le jour de son arrivée, je suis allé avec vous l'accueillir, non ? Je lui ai même offert une *khata* ! Avant même qu'il arrive ici, j'avais entendu dire que c'était un animal formidable ; j'avais donc déjà entièrement foi en lui, mais après l'avoir vu, ma foi s'est renforcée.

Les autres chefs de village l'observaient sans rien dire.

— Que veux-tu dire exactement? a demandé le vétérinaire aux lunettes.

— Ce que je veux dire, a répondu le chef de village en regardant les autres avec un certain embarras, c'est qu'il me semble que je devrais passer en premier.

Les autres chefs de village se sont tous mis à crier: « Pas question, pas question! »

Le premier chef de village s'est tourné vers moi:

— Tu te souviens de moi, hein? Tu te rappelles que je t'ai offert une *khata* à ton arrivée? Alors prends position, choisis-moi en premier.

Moi, j'avais envie de rire, et dans ma tête je lui ai répondu que ce n'était pas lui qui était en cause, mais ses brebis. Il a dû lire dans mes pensées car il a ajouté:

— En plus, mes brebis ont la réputation d'être les plus belles et les plus robustes de toute la région.

— Quoi? ont hurlé deux ou trois chefs de village, nous aussi on lui a offert des *khata*! Et nos brebis sont aussi bien que les siennes!

Après les avoir regardés fixement sans leur répondre, le premier chef de village s'est adressé à moi à voix basse:

— Tu te souviens? La *khata* que je t'ai offerte était la plus longue de toutes.

Effectivement, quand il m'a dit ça, je me suis rappelé que l'une des *khata* était bien plus longue que les autres. Le résultat, c'est qu'elle s'était prise dans mes pattes de devant et m'avait fait tomber. Alors, bien sûr, en mon for intérieur je lui ai passé un bon savon : « Faut vraiment être un fichu abruti pour offrir une *khata* aussi longue ! »

A ce moment-là, un type est venu se planter devant moi, l'air irrité, et a dit en regardant l'autre :

— Tout le monde attend ; puisqu'on a dit qu'on tirait au sort, allons-y, c'est le plus juste.

— Alors venez vite prendre un papier, a dit le vétérinaire aux lunettes, on a pris du retard.

— Ah ! m'a lancé le premier chef de village, je vois que ça n'a servi à rien que je t'offre une aussi belle *khata*.

Mais je ne lui prêtais plus aucune attention. Les chefs de village ont commencé le tirage au sort et en dix minutes, c'était terminé, le résultat est tombé : c'est le chef de village qui voulait être le premier qui a tiré le bon numéro. Il a regardé les autres avec un sourire sarcastique au coin des lèvres, mais sans rien dire. Les autres l'ont regardé sans rien dire non plus.

Il a pris la corde que j'avais autour du cou pour m'emmener en disant :

— Allons-y, tu n'as plus rien à dire.

Sans rien dire, donc, j'ai regardé les deux vétérinaires qui m'ont tapoté le dos en disant :

— Vas-y vite, et dépêche-toi, on a pris du retard.

J'ai donc été introduit dans l'un des enclos à moutons.

En entrant, je n'en ai pas cru mes yeux : il y avait là les brebis les plus belles, les plus robustes, les plus éclatantes de santé et de vie que j'aie jamais vues. Elles étaient en rangs et me regardaient de loin. J'ai ressenti cela comme de la provocation, le sang m'est monté à la tête et j'ai eu un éblouissement. Il faut dire que c'était pile le moment où j'étais en rut. A ces moments-là, j'ai toujours l'impression d'avoir le sang en ébullition, ça me rend extrêmement nerveux et me donne envie de foncer tête baissée. Si on m'a fait voyager en avion, c'est aussi pour cette raison. La vérité, c'est qu'il y a beaucoup de mes congénères qu'on envoie en train ou qu'on transporte en camion des lointains confins du Xinjiang jusqu'ici. Moi, on a choisi de m'accoupler pendant que je suis en rut avec les plus belles brebis d'ici pour voir le résultat que ça allait donner.

Entendant des cris d'enthousiasme, j'ai tourné la tête et j'ai vu une foule compacte massée autour de l'enclos. J'ai eu un vertige soudain et j'ai vu trouble, les visages de tous ces gens sont devenus une masse indistincte. Alors j'ai entendu crier : « Allez, vas-y, dépêche-toi, qu'est-ce que t'attends ? C'est notre haut plateau du Qinghai qui te fait peur, t'as un problème ? »

Ces paroles m'ont mis en colère et m'ont brusquement rappelé à la réalité : j'ai foncé sur les brebis. Et tandis que je fonçais, j'entendais les hurlements de la foule, ce qui m'excitait encore plus. Je ne me suis pas retourné pour voir la tête de tous ces gens, j'ai juste foncé, droit devant moi.

En me voyant foncer sur elles, les brebis ont paniqué. Hormis quelques-unes qui sont restées de marbre sans bouger de leur coin, elles ont détalé dans tous les sens en cherchant à m'éviter. J'ai donc foncé sur celles qui semblaient impavides ; mais en me voyant arriver, elles ont paniqué elles aussi et ont commencé à prendre la fuite. J'en ai avisé une particulièrement belle et solide, je l'ai acculée dans un coin et j'ai posé mes deux pattes de devant sur son dos ; après, je ne me souviens plus de rien.

Quand je suis lentement revenu à moi, j'ai entendu le propriétaire de la brebis, celui qui était chef de village, crier avec enthousiasme : « Très bien, bravo ! Ce bélier du Xinjiang est vraiment formidable ! »

J'ai remarqué que les autres étaient tout aussi enthousiastes, en particulier les deux vétérinaires qui me regardaient avec stupéfaction, bouche bée.

Alors, j'ai regardé la brebis avec laquelle je venais de m'accoupler. Elle était toujours dans le même coin et me regardait, tête baissée, d'un air plein de tendresse, tout son corps exhalant de subtils effluves féminins.

Quand je me suis tourné vers les autres brebis, leur attitude avait changé : je n'ai plus eu l'impression qu'elles voulaient me provoquer et je me suis senti bien plus à l'aise. J'ai même cru percevoir en elles une certaine attente.

Le reste de la journée ne mérite pas d'être conté en détail ; je n'ai fait que monter une brebis après l'autre, ça ne présente aucun intérêt.

Il y a cependant une anecdote qui mérite d'être rapportée. L'après-midi, certains chefs de village m'ont décoré de grosses fleurs rouges et ont levé le pouce pour louer mes prouesses. J'avais le poitrail et le dos couverts de superbes fleurs rouges. En les voyant sans cesse lever le pouce, j'ai ressenti une grande satisfaction, et même une certaine ivresse.

L'attitude des deux vétérinaires à mon égard avait changé, elle aussi. Celui à la blouse tout abîmée, en particulier, s'est écrié avec beaucoup d'émotion :

— Tu es formidable, vraiment formidable !

— Formidable, d'accord, a déclaré son collègue à lunettes d'un air étonné, mais il n'y a pas de quoi en faire toute une histoire.

— Oui, bien sûr, a répliqué le vétérinaire à la blouse abîmée en rougissant, je trouve juste qu'il est super.

Son collègue a éclaté de rire sans plus rien dire. Ce soir-là, ils m'ont régalé d'un succulent dîner. J'ai trouvé tout cela bien agréable.

Il y a quand même quelque chose qui vaut la peine d'être conté car pour moi, bélier, c'est resté un souvenir marquant, difficile à oublier, bien qu'il ne me soit revenu que petit à petit par la suite.

Lors de ce dîner, pendant que je mangeais, j'ai soudain repensé au moment où je m'étais accouplé avec les brebis : à l'extérieur de l'enclos, il y avait quelques béliers robustes et de haute stature qui me fixaient de loin. C'étaient des béliers tibétains locaux que j'avais déjà vus. J'étais intrigué, je me demandais pourquoi ils me regardaient ainsi. Mais, sur le moment, j'avais le corps en feu ; obsédé par le désir de monter les brebis, j'étais incapable de penser à autre chose.

Le soir, après avoir terminé ce délicieux dîner, je m'apprêtais à m'étendre pour me reposer un peu lorsque ces béliers sont soudain venus m'entourer. Ils me regardaient d'un air peu amène et leur mine avait même quelque chose d'effrayant. A cette heure-là, les deux vétérinaires étaient rentrés chez eux se reposer. Je dois reconnaître qu'en les voyant avec ces mines patibulaires je n'en menais pas large. Mais je me suis efforcé de n'en rien laisser paraître et je leur ai demandé en les regardant droit dans les yeux :

— Qu'est-ce que vous voulez ?

Ils se sont contentés de me fixer avec férocité, ce qui m'a rendu encore plus nerveux. Alors je leur ai dit en les regardant sans ciller :

— Je vous ai vus, tout à l'heure, à l'extérieur de l'enclos.

Mais ils n'ont toujours rien répondu.

— Qu'est-ce que vous faisiez là-bas, hors de l'enclos ? ai-je insisté avec un regard en coin.

— Tu nous demandes ce qu'on faisait ? n'a pu s'empêcher finalement de répondre l'un des béliers.

— Oui, je n'ai pas compris.

— Avant, toutes ces brebis étaient à nous, a répliqué le même bélier d'un ton plein de ressentiment, et maintenant que tu les as souillées, espèce de salaud, on va avoir une descendance de bâtards !

— Ce n'est pas moi qui ai demandé à venir ici, ai-je rétorqué avec colère, ce sont les hommes d'ici qui m'ont fourré dans un avion et m'ont fait venir de mes lointains pâturages. Si vous n'êtes pas contents, allez donc voir vos propriétaires, je n'ai rien à voir là-dedans.

— Foutaises, a dit un très grand bélier, on n'en a rien à cirer.

Il avait à peine terminé sa phrase que les autres se sont rués sur moi, tête baissée, en me rouant de coups de leurs redoutables cornes recourbées. J'avais l'impression qu'ils me transperçaient le corps du bout acéré de leurs cornes et que j'avais des blessures partout ; je me suis effondré sur le sol sans pouvoir me relever.

— Regardez un peu vos manières de faire, ai-je protesté malgré la douleur, vous, les béliers des hauts plateaux du Qinghai, vous vous liguez pour brutaliser un bélier du Xinjiang seul contre tous.

Le grand bélier a poussé un bêlement et les autres ont aussitôt cessé de m'attaquer.

— Vous avez entendu, il nous accuse de nous mettre à plusieurs pour le brutaliser, a dit le grand bélier à ses congénères, très bien, alors on va l'affronter en combat singulier. Qu'en dis-tu ? m'a-t-il demandé en se tournant vers moi.

— Très bien, ai-je répondu en surmontant la douleur.

— C'est moi qui commence, a déclaré l'un des béliers avec détermination.

Tout en me jetant un regard farouche, il a reculé dans un coin de l'enclos et moi j'ai reculé dans un autre, sans le quitter du regard. Il ne semblait pas très fort, mais il avait l'air solide.

Les yeux dans les yeux, nous avons foncé l'un sur l'autre à peu près au même moment. En se heurtant, nos fronts et nos cornes ont fait un bruit sourd, mais j'ai tout de suite senti qu'il n'était pas à la hauteur. Il a vacillé et reculé de quelques pas. Moi, je n'ai pas bougé de là où j'étais.

Un autre bélier l'a écarté et a reculé un peu pour mieux se ruer vers moi. J'ai amorcé un pas en arrière avant de lui foncer dessus. Lui non plus n'était pas un adversaire à ma taille, il était à peine supérieur au précédent. Le choc l'a fait trébucher, il est presque tombé. Je les trouvais plutôt drôles, ces béliers. Dans d'autres circonstances, j'aurais franchement éclaté de rire, mais là, je me suis retenu. Je n'avais pas envie de les exaspérer un peu plus.

J'en ai vaincu encore quelques autres. Ils étaient tout haletants et n'avaient pas l'air de vouloir accepter leur défaite.

Finalement, le bélier costaud qui menait la bande s'est avancé et m'a lancé :

— Assez de conneries, à nous deux !

Il avait déjà l'air féroce en temps normal, mais là, c'était encore pire. Ses robustes cornes recourbées vers l'arrière dégageaient une impression de puissance. Son mufle frémissant laissait passer un sifflement à chaque inspiration et de ses babines tombantes s'écoulait un filet de bave trouble.

Il a reculé un peu avant de foncer sur moi. Je m'étais un peu reculé, moi aussi, pour encaisser son assaut. Nos têtes se sont entrechoquées violemment, avec un *pan !* sonore. J'ai rassemblé toutes mes forces pour lui faire baisser la tête tandis qu'il faisait de même, aucun de nous deux n'avait l'intention de céder. Massés autour de nous, ses congénères hurlaient pour l'encourager.

Soudain, il a fait un pas en arrière et a chargé de nouveau. Je n'ai pas eu le temps de reculer pour me préparer, je l'ai reçu de front. Le choc a été violent et la lutte acharnée, sans qu'il soit possible de crier victoire. Les hurlements étaient de plus en plus forts, des béliers s'époumonaient : « Vas-y, encore un peu, tu vas l'avoir ! »

Mon malabar de bélier s'est reculé lentement dans un coin de l'enclos, et moi dans un autre. Quand il s'est rué de nouveau sur moi, j'ai cru qu'une bourrasque me fonçait dessus. Alors j'ai rassemblé toutes mes forces pour foncer sur lui ; quand le choc a eu lieu, j'ai entendu le bruit très net d'un crâne qui volait en éclats, et je suis tombé sur le côté. Quant à lui, il est resté debout, droit comme un if, sans plus bouger.

Tout autour, les béliers hurlaient d'enthousiasme : « Vas-y, dépêche-toi d'en finir avec lui, vite ! »

Reculant de nouveau, le bélier se préparait pour un nouvel assaut quand soudain les deux vétérinaires sont arrivés. Ils se sont mis à le frapper à coups de bâton. Mais le bélier semblait devenu hystérique ; sans se soucier des coups qui pleuvaient, il a foncé sur les vétérinaires et sur moi. Je dois dire qu'à ce moment-là j'étais terrorisé, je me croyais vraiment à l'article de la mort. Il m'était déjà arrivé de me battre avec un bélier pour une brebis, mais jamais je n'en avais rencontré un aussi cinglé et aussi suicidaire. Finalement des bergers sont venus emmener ces béliers.

J'avais été grièvement blessé et j'étais étendu par terre sans parvenir à me relever. Les deux vétérinaires étaient très nerveux.

— Il ne faut pas qu'il t'arrive quelque chose, m'ont-ils confié, sinon on peut dire adieu à notre boulot ; c'est toute notre carrière qui va être fichue.

— Rassurez-vous, leur ai-je dit pour les consoler bien que souffrant le martyre, il ne m'arrivera rien, et à vous non plus.

Mais, en voyant ma blessure à la tête, le vétérinaire aux lunettes a dit à son collègue :

— Ces animaux sont vraiment féroces, si on n'était pas arrivés à temps, il n'en serait probablement pas ressorti vivant. Qu'est-ce qui leur a pris ? Ce sont tous des béliers, comment peuvent-ils se haïr autant ?

— Tu es un homme, tu devrais pourtant comprendre ! lui a dit le vétérinaire à la blouse abîmée après m'avoir lancé un coup d'œil, tout ça, c'est de la jalousie : cet animal-là est venu baiser leurs brebis, ça les a blessés dans leur amour-propre.

Les deux vétérinaires ont échangé un regard, m'ont regardé, et celui à la blouse abîmée a continué :

— Réfléchis un peu, en tant que mari, si ta femme était violée par un inconnu, ça ne te rendrait pas furieux ?

— Pourquoi tu me dis ça ? a demandé celui à lunettes.

L'autre a éclaté de rire en le regardant mais n'a rien répondu.

Alors, surmontant ma douleur et m'appliquant à sourire faiblement, je me suis hasardé à intervenir :

— Je pense que je peux expliquer la raison de tout cela.

— Regarde un peu, a dit le vétérinaire à la blouse abîmée, il vient de se faire tabasser, mais il a une explication. De ce point de vue, faut avouer que ces animaux nous sont bien supérieurs !

Le vétérinaire aux lunettes s'est enfin déridé et il a déclaré en riant à son collègue :

— Moi aussi je peux l'expliquer, je le comprends très bien, j'ai entendu tellement d'histoires de ce genre.

Puis il s'est tourné vers moi :

— Si tu as été blessé comme ça, c'est que tu l'as bien cherché ; tu es allé te pavaner au milieu de ces brebis avec une arrogance incroyable, tu as un peu exagéré.

Je n'ai pas pu m'empêcher de rire, mais ça m'a fait très mal et je me suis mis à geindre, aïe aïe ! Comme du sang s'écoulait de ma bouche, le vétérinaire à la blouse abîmée a paniqué :

— Il n'est pas question que tu meures, si tu meurs, on est cuits.

Alors ils ont délicatement pansé mes blessures et m'ont soigné.

Le lendemain, je me sentais déjà beaucoup mieux. Les deux vétérinaires m'ont porté dehors pour que je prenne le soleil. Il était d'une douce chaleur qui vous caressait très agréablement.

En apprenant ce qui m'était arrivé, quelques chefs de village sont accourus pour me voir.

— Comment ça va ? m'ont-ils demandé, tu crois que tu vas pouvoir t'occuper de nos brebis ?

Ils m'ont mis en colère. S'ils s'étaient précipités ainsi, c'était juste pour évaluer la gravité de mes blessures et s'assurer que j'aurais encore assez de forces pour monter leurs brebis. J'ai préféré ne rien répondre. Ils se sont donc adressés aux vétérinaires :

— Ses blessures ont l'air sérieuses, est-ce qu'il va pouvoir monter nos brebis ?

— Nous l'avons soigneusement examiné, ont répondu les vétérinaires, ses blessures n'ont pas l'air trop graves, dans quelques jours il ira mieux et on pourra certainement reprendre la fécondation de vos brebis.

Les bergers m'ont regardé d'un air dubitatif.

A ce moment-là, j'ai vu s'approcher lentement un camion ; le chauffeur s'est arrêté et a engagé la conversation avec les bergers et les vétérinaires. J'ai remarqué que le camion transportait des béliers et, en regardant plus attentivement, j'ai découvert à ma grande surprise qu'il s'agissait de ceux de la veille.

— Qu'est-ce que ça veut dire ? ai-je demandé avec étonnement au vétérinaire aux lunettes, pourquoi les ramène-t-on en camion ?

— Ah… eux ? m'a-t-il répondu d'un air détaché. En te blessant hier, ils ont violé les règles de maintien de l'ordre en vigueur ; les autorités locales en ont discuté et ont décidé de leur infliger une sanction : on les transporte au district pour les vendre à un boucher. De toute façon, ils n'ont plus aucune utilité ici, ce n'est pas la peine de les garder.

J'ai ressenti une immense déflagration dans la tête, comme si elle explosait, et je n'ai plus rien entendu. Quand j'ai retrouvé mes esprits, les vétérinaires s'étaient déjà éloignés. Mais je pouvais très bien voir les béliers, distinguer nettement leurs visages et l'expression de leurs regards. J'ai eu l'impression qu'ils me regardaient avec animosité, et même avec haine.

J'ai senti des larmes me venir aux yeux en pensant que c'était à cause de moi qu'ils étaient envoyés au redoutable marché aux bestiaux. Si je n'étais pas venu ici, ils n'auraient pas connu ce sort funeste.

Je me suis mis à envoyer des ruades aux gens autour de moi en leur criant :

— Misérables, pourquoi les envoyez-vous à la boucherie ? Vous vous servez d'eux tant qu'ils vous sont utiles, et quand ils cessent de l'être, vous vous en débarrassez. C'est bien ça, l'espèce humaine !

Je leur ai fait peur. Ils me regardaient sans broncher, comme s'ils réfléchissaient à ce que je venais de leur dire.

Quelques jours plus tard, j'étais complètement guéri.

J'ai recommencé à m'accoupler, cette fois avec les brebis des autres villages. Je ne vais pas m'étendre là-dessus ; au bout de quelques jours, j'en avais un peu assez.

En quinze jours tout était terminé. Le quinzième jour, on m'a de nouveau décoré de grosses fleurs rouges et j'ai eu droit aussi à quelques *khata*. A dire vrai, même si pour d'autres c'était la marque d'un immense honneur, tout cela n'avait désormais plus guère d'intérêt pour moi. Sur le moment, ce que j'ai le plus apprécié, c'est de pouvoir manger un succulent repas ; ensuite, j'ai dormi à poings fermés pendant deux jours et deux nuits.

Vu mes performances exceptionnelles, les deux vétérinaires étaient aux petits soins pour moi. Ils me concoctaient des repas délicieux en me disant que, maintenant que mon travail était terminé, j'avais bien le droit de me reposer quelques jours.

Il est vrai que j'étais épuisé, mais je me sentais aussi infiniment heureux. Il faut dire ce qui est : au Xinjiang, je n'avais jamais été aussi bien traité, je n'ai connu ça qu'au Qinghai.

A ce moment-là, d'autres béliers sont arrivés, l'un après l'autre ; mon travail s'en est trouvé allégé d'autant, ainsi que la pression qui pesait sur moi. Ce sont ces nouveaux béliers que les deux vétérinaires ont chargés de s'occuper des brebis ordinaires, pas moi. Ils étaient jaloux de voir qu'on m'avait décoré de grosses fleurs rouges, qu'on m'avait offert des *khata*. En plus, on m'avait fait venir en avion alors qu'eux étaient venus en train ou en camion, ce qui ajoutait encore à leur sentiment d'injustice. Ils me regardaient pour la plupart avec une froideur distante. Je ne voulais pas prendre ça trop à cœur, mais à la longue, j'ai fini par trouver cela pesant : c'étaient quand même mes semblables.

Au bout d'une semaine de repos, j'ai senti que j'avais bien récupéré.

Comme il faisait très beau, je suis sorti me dorer au soleil. Je paressais doucement quand le vent s'est levé, un vent assez froid qui m'a fait frissonner malgré moi. J'étais en train de me demander d'où pouvait venir un vent aussi glacial lorsque j'ai vu approcher les deux vétérinaires. Ils m'ont fait de loin de grands signes de la main et m'ont crié :

— Alors, comment ça va, tu t'es bien reposé ?

— Ça peut aller, ai-je répondu, aujourd'hui je suis sorti me détendre un peu.

— Parfait, parfait, a dit le vétérinaire aux lunettes, aujourd'hui on a du travail, il faut qu'on aille faire un tour dans un village en bas.

— Du travail, quel travail ? ai-je demandé.

— Tu verras quand on y sera, m'a répondu le vétérinaire aux lunettes.

— C'est dans quel village qu'on va ? ai-je encore demandé.

— Arrête de poser autant de questions, a coupé le vétérinaire à la blouse abîmée, tu verras bien.

On est partis en side-car dans ce village mystérieux. En chemin, j'ai admiré la beauté du paysage tandis que les deux vétérinaires bavardaient. C'était la première fois que je montais dans un side-car, et je trouvais cela merveilleux, bien plus merveilleux que de prendre l'avion. Mais je n'ai rien dit aux vétérinaires car j'avais peur qu'ils se moquent de moi. J'étais fier d'avoir pris l'avion parce que tout le monde en restait sidéré, mais il n'y a pas de quoi s'enorgueillir de monter dans un side-car, c'est arrivé à tout le monde ou presque. Je ne pouvais donc pas exprimer ce que je ressentais au fond de moi.

Nous sommes arrivés au village alors que le soleil était au zénith.

Les vétérinaires m'ont tout de suite conduit jusqu'à une maison devant laquelle il y avait un enclos à moutons et ils m'ont dit en me montrant la dizaine de brebis qui s'y trouvaient :

— Aujourd'hui, ton boulot est de t'accoupler avec ces brebis.

Je les ai regardées avec joie, elles n'étaient vraiment pas mal, et elles, de leur côté, me toisaient avec curiosité. J'ai eu l'impression qu'elles me connaissaient.

Le vétérinaire aux lunettes a ouvert la porte de l'enclos et m'y a fait entrer en disant :

— Vas-y, montre ce que tu sais faire.

Mais, alors que je m'apprêtais à foncer, j'ai reçu un violent coup sur la tête. Bien qu'un peu sonné, je ne suis pas tombé, j'ai simplement un peu vacillé.

C'est à ce moment-là que j'ai remarqué un vieux berger qui, brandissant un bâton, s'apprêtait à me frapper de nouveau. Comme je me préparais à esquiver le coup, les deux vétérinaires se sont précipités. Saisissant chacun un bras du vieux berger, ils l'ont apostrophé :

— T'es malade ou quoi ? Tu oses frapper le bélier envoyé par le Parti ?

— Je vais me gêner, a répondu l'autre, fou de rage, et je vais même vous passer à tabac vous aussi.

— Et tu es chef de village, s'est écrié le vétérinaire à la blouse abîmée, quelle honte ! Tu n'as pas peur de finir en taule ?

C'est ainsi que j'ai appris que c'était le chef du village.

— Non, j'ai pas peur, a crié le vieil homme en martelant ses mots, pas peur du tout !

Et il a poursuivi en me montrant du doigt :

— Je ne vais pas laisser cet animal immonde s'accoupler avec nos brebis au sang pur et les souiller.

Les deux vétérinaires en sont restés bouche bée.

— C'est quoi, cette histoire ? ai-je demandé en les poussant légèrement de la tête. C'est vraiment trop dangereux, j'ai encore failli y laisser ma peau.

— Ce type est le plus obstiné, le plus rétrograde de toute la région, m'a expliqué le vétérinaire aux lunettes, et ce n'est pas seulement à nous qu'il en veut, c'est pareil pour le chef du canton et son secrétaire, il n'écoute personne.

Comme je ne comprenais pas, je lui ai demandé :

— Mais quel est le problème ?

— Ah, m'a répondu en soupirant le vétérinaire à la blouse abîmée, on s'épuise à vouloir le convaincre, il ne veut pas que l'on fasse monter les brebis de son village par des béliers venus d'ailleurs, il ne veut rien entendre car pour lui vous ne valez rien.

Je me suis mis en colère, moi aussi.

— Filons, ai-je dit, qu'est-ce qu'on attend ? Vous avez bien entendu les injures qu'il m'a lancées, c'est d'une telle grossièreté ! Ce n'est pas un hasard si je suis venu ici, et en avion, en plus. Demandez-lui un peu s'il est déjà monté dans un avion ; ce que je peux vous dire, c'est qu'avec un comportement pareil, il va lui falloir un sacré nombre de réincarnations avant de pouvoir mettre un pied dans un avion !

J'ai réalisé que j'y étais allé un peu fort, mais les paroles proférées sont comme une flèche, une fois qu'on l'a tirée, on ne peut pas la faire revenir. Il ne m'est donc resté qu'à relever le front et afficher une mine hautaine en regardant de travers le vieux berger et les deux vétérinaires.

Mais ceux-ci se sont écriés :

— Tu ne peux pas faire ça ! Si on est venus ici, c'est sur ordre de nos supérieurs hiérarchiques ; si on ne remplit pas notre mission, on va avoir des ennuis.

Ils n'avaient pas fini de parler que l'autre les invectivait de sa voix furibarde :

— Vous allez me ficher le camp, oui ou non, espèces de salopards, si vous ne déguerpissez pas, je lâche mon chien !

En tournant la tête, j'ai vu un jeune homme plutôt costaud qui retenait d'une main un mastiff tibétain plus ou moins de la taille d'un veau, qui nous regardait fixement. Il nous a gratifiés de plusieurs aboiements vraiment terrifiants. En règle générale, je n'aime pas les chiens, et encore moins les mastiffs tibétains, alors je me suis caché derrière les vétérinaires.

Le jeune homme s'est tourné vers le chef de village :

— Pa, t'en fais pas, tu peux rentrer, s'ils ne déguerpissent pas, je lâche le chien.

— Tu ne peux pas faire ça, se sont hâtés de lui dire les vétérinaires, les étrangers qui viennent dans nos prairies, il faut les recevoir comme des hôtes.

— Moi j'en ai rien à faire d'hôtes de ce genre, a répliqué le jeune homme.

Voyant que la situation ne s'arrangeait pas, j'ai dit aux vétérinaires qu'on ferait mieux de filer au plus vite. Ils se sont concertés un moment, puis ils m'ont remis dans le side-car et ils ont essayé de faire démarrer la moto, sur quoi le chef de village nous a lancé :

— Entrez donc prendre un verre de thé avant de partir, vous avez un long chemin à faire, c'est fatigant.

La moto ne démarrait pas, j'étais sur des charbons ardents.

Le chef de village a jeté son bâton et a dit en me regardant :

— Je me suis un peu énervé tout à l'heure, mais je n'aurais pas dû frapper ce bélier ; je sais qu'il n'a pas demandé à venir ici.

Mais moi, j'avais encore mal à la tête, j'étais en colère et ses paroles ne m'ont fait ni chaud ni froid.

Sur ces entrefaites, le moteur a fini par démarrer et le vétérinaire aux lunettes lui a lancé :

— Tu serais pas inquiet, par hasard ?

Mais il n'a rien répondu et nous nous sommes éloignés dans un vacarme assourdissant.

Sur le chemin du retour, je n'éprouvais plus le même intense plaisir qu'à l'aller en regardant le paysage. Je me rappelle juste que le soleil était éblouissant.

Tout le long du chemin, le moteur a montré des signes de faiblesse et je me disais en moi-même, rouler en moto, quand même, ça ne vaut pas le confort de l'avion !

Je ne sais même pas comment cette idée m'est venue.

Le travail d'accouplement dans les prairies terminé, j'étais moulu, lessivé, envahi par un sentiment de vide total.

Les *khata*, les grosses fleurs rouges accrochées autour de mon petit enclos, toutes ces manifestations symboliques de ma gloire passée, je ne leur accordais plus qu'un regard lassé. Les autorités du canton ont honoré les deux vétérinaires, leur ont décerné un prix et accroché une grande fleur rouge sur la poitrine. On aurait dit qu'ils recevaient un trésor : le certificat entre les mains, tantôt ils regardaient leurs chefs en secouant la tête, tantôt ils contemplaient avec ferveur le prix qu'ils avaient reçu. J'ai vu que sur les deux papiers étaient inscrits les mêmes caractères, à l'exception des deux noms : *Au cours de son expérience novatrice de croisements ovins, le camarade XX a réalisé cette année un travail remarquable et remporté un succès notoire pour lequel lui est décerné ce prix à titre de félicitations et d'encouragement*. Et au recto étaient marqués les noms des autorités avec un superbe sceau rouge. A voir la mine réjouie des deux vétérinaires, on aurait pu croire que c'étaient eux qui s'étaient accouplés avec les brebis et non moi. L'attitude des autorités autant que la mine des vétérinaires avaient beau me porter sur les nerfs, je n'avais pas le courage de le montrer tant je me sentais fatigué, immensément fatigué.

Après l'hiver, ce fut le printemps. L'hiver, là-bas, est très froid, on me l'avait dit mais je ne m'attendais pas à ce que le printemps le fût autant, pratiquement aussi froid que l'hiver lui-même.

Or, c'est par ce temps froid, quasiment hivernal, que les agneaux ont commencé à naître en grand nombre.

Le résultat a été terrible : la moitié des agneaux n'ont pas survécu.

Il y avait des cadavres d'agneaux partout dans la prairie. Ils mouraient dès leur naissance, mais les brebis n'avaient pas la moindre lueur de tendresse dans le regard, c'était comme si ce n'étaient pas elles qui leur avaient donné la vie, à tous ces agneaux morts. Je me suis demandé si elles ne les détestaient pas pour avoir été forcées de les mettre au monde. Alors je me suis éloigné très vite, sans tourner la tête.

Cependant, en voyant tous ces agneaux morts, je me sentais très triste au fond de moi car, en fin de compte, c'était aussi ma chair et mes os.

En un rien de temps, je suis devenu le principal responsable du désastre. L'attitude des hommes à mon égard s'est transformée du tout au tout. Plus personne ne m'a offert de *khata*, plus personne ne m'a décoré de fleurs rouges. Ma nourriture aussi a connu un net changement.

Les dirigeants du canton sont venus plusieurs fois, ont convoqué les deux vétérinaires à grands cris et leur ont demandé ce qui s'était passé ; les vétérinaires, effrayés, ne savaient pas où se mettre et ont répondu qu'ils l'ignoraient. Ce qui n'a fait que redoubler la colère des dirigeants. Ils ont décroché les certificats des prix qui étaient au mur dans le bureau des vétérinaires, les ont jetés par terre et les ont piétinés.

Sans plus oser lever les yeux pour regarder leurs dirigeants, les vétérinaires baissaient la tête en retenant leur souffle.

A les voir ainsi, ils me faisaient pitié, j'ai donc dit aux dirigeants :

— Camarades dirigeants, ce n'est pas leur faute, il est possible que ce soit moi le fautif.

Ils m'ont fusillé du regard sans répondre. Mais l'un d'eux, d'humeur plus calme, a dit à ses collègues :

— Il faut réfléchir à ce qu'on va faire : nos supérieurs nous ont désignés pour réaliser cette expérience à grande échelle au niveau de tout le district ; vu la tournure des événements, il faut maintenant voir quelles explications on va pouvoir leur donner.

Ce dirigeant qui paraissait si calme s'énervait de plus en plus à mesure qu'il parlait. Je ne savais que faire et je me suis dit en moi-même, c'est donc ainsi, ces dirigeants ont des supérieurs au-dessus d'eux auxquels ils doivent rendre des comptes.

Deux jours plus tard, une jeep est arrivée de Pékin et a emmené les deux vétérinaires. Au moment de partir, ils m'ont jeté un sac de nourriture, sans un mot.

Après leur départ, j'ai vu arriver le vieux chef de village qui avait refusé mordicus que je m'accouple avec ses brebis. J'ai aussitôt pensé que, vu le désastre, il allait afficher une mine réjouie en me voyant, mais pas du tout : il m'a juste considéré longuement d'un air très sérieux en silence. Comme je croyais qu'il se moquait de moi en son for intérieur, j'ai tourné la tête. Mais je l'ai finalement entendu dire :

— Si on m'avait écouté, on n'aurait pas fait n'importe quoi et tout se serait bien mieux passé. On ne peut pas te rendre responsable de tous ces agneaux morts ; pour créer une nouvelle espèce adaptée à son environnement, il faut du temps, c'est un processus de longue haleine.

C'est ce que j'avais entendu de plus pertinent depuis que j'étais là.

Ces paroles ont été suivies d'un long silence, après quoi le chef de village est reparti d'un pas pesant dont l'écho suscitait un indéfinissable malaise. A ce moment-là, j'ai ressenti une grande confiance envers lui. Tournant la tête, je lui ai crié :

— Hé, chef, je voulais vous demander : si je ne suis pas adapté à l'environnement de cette région, pourquoi m'a-t-on fait venir en avion pour m'accoupler avec les brebis d'ici ?

Le chef de village s'est arrêté, est resté un instant immobile, comme plongé dans ses pensées, puis il a lentement tourné la tête vers moi et m'a demandé :

— Tu ne sais vraiment pas pourquoi on t'a amené ici ?

— Non, ai-je répondu en secouant la tête, l'air totalement désemparé.

— Mon pauvre, a-t-il juste articulé.

— Dites-moi, je n'en ai aucune idée.

— Eh bien, si tu veux savoir, m'a-t-il expliqué avec un soupir, c'est parce que ta laine est d'une qualité nettement supérieure à celle de nos brebis tibétaines : elle vaut de l'or.

J'en suis resté bouche bée. J'étais à cent lieues de penser que c'était la raison pour laquelle on m'avait envoyé ici en avion, je ne l'aurais jamais imaginé.

Le chef de village a ajouté en riant :

— Si ce n'était pas pour ça, pourquoi veux-tu qu'ils t'aient transporté jusqu'ici ? Il faut bien reconnaître que tu n'es pas tellement plus beau que nos béliers tibétains et qu'il te manque leur force spirituelle : tu as les nerfs fragiles et un appétit féroce !

Je n'ai rien répondu, mais il avait bien raison. Tout ce qu'il disait était vrai, de ma prétendue beauté et de mon manque de force spirituelle jusqu'à ma voracité : depuis que j'étais arrivé, j'avais toujours l'impression d'avoir la panse vide et cette fringale avait été un sujet constant de moquerie de la part des deux vétérinaires. Me voyant plongé dans de profondes réflexions, le chef de village n'a rien ajouté et il est parti en hochant la tête.

Après cela, j'ai eu un étourdissement, comme si je dormais éveillé, et je suis resté ainsi jusqu'au crépuscule. C'est le bruit d'un klaxon qui m'a tiré de cette torpeur.

J'ai levé la tête et j'ai vu la jeep de Pékin qui se garait non loin de moi. Les deux vétérinaires en sont descendus et se sont retournés pour faire un signe d'adieu à la personne qui était dans la voiture.

Après le départ de la jeep, ils ont marché vers mon enclos. A les voir de loin, il m'a semblé qu'ils étaient d'humeur beaucoup moins sombre que le matin. S'ils ne souriaient pas, ils n'avaient pas pour autant l'air angoissé qu'ils avaient à leur départ.

En les voyant approcher, je leur ai lancé :

— Alors vous êtes revenus ?

— Oui, on est de retour, se sont-ils écriés avec une joie difficile à dissimuler.

— Et comment cela s'est-il passé ? n'ai-je pu m'empêcher de leur demander.

— Les supérieurs ont dit qu'on n'y était pour rien, ce n'est pas notre faute, ont-ils déclaré sans pouvoir cacher leur soulagement.

Cela m'intriguait encore plus, j'ai donc posé encore une question :

— Mais alors, d'où vient le problème ?

— Les experts ont dit que la période d'accouplement avait été mal choisie, si bien que les agneaux sont nés au début du printemps. Si on fait attention la prochaine fois, il ne devrait pas y avoir de problème.

J'ai poussé un soupir de soulagement, d'abord parce qu'ils avaient trouvé cette explication, mais aussi parce qu'ils étaient plus détendus à mon égard.

Finalement, tous les agneaux qui n'étaient pas morts à la naissance ont survécu. Mais il faut bien dire qu'ils avaient un aspect un peu bizarre : ils ne ressemblaient pas aux agneaux du Xinjiang, mais ils ne ressemblaient pas non plus à ceux des pâturages du Qinghai. Tous les bergers rigolaient doucement en voyant la tête qu'ils avaient.

L'année suivante, quand est arrivée ma période de rut, j'ai recommencé à ne plus tenir en place. Je n'avais plus qu'un désir : monter les brebis. Mais c'est alors que les deux vétérinaires m'ont enveloppé les roubignoles dans un tissu bien serré. J'avais beau me ruer sur les brebis, ça ne servait à rien, je déversais juste mon sperme dans le tissu. En me voyant, les deux vétérinaires ricanaient en douce. Les brebis devaient se payer ma tête elles aussi, car c'est vrai que j'avais l'air ridicule. Je me sentais horriblement humilié.

Le sang m'est monté à la tête. J'avais l'impression d'avoir les yeux injectés de sang tandis que ma tête était sur le point d'éclater. Alors j'ai voulu passer ma fureur sur les vétérinaires et je me suis précipité sur eux. En me voyant foncer ainsi, ils ont compris et se sont écriés :

— Il est devenu fou, complètement fou !

Ils ont détalé en prenant leurs jambes à leur cou, mais je les ai rattrapés, ils sont tombés face contre terre sans pouvoir m'échapper et se sont mis à genoux en m'implorant :

— Pitié, arrête, on n'y peut rien. Les chefs ne veulent pas que tu t'accouples maintenant, ce sont leurs ordres. Et ce sont eux aussi qui ont tout combiné. Tu penses bien que ce n'est pas nous qui aurions inventé un procédé aussi insensé. Il n'y a que les chefs pour imaginer un truc pareil. Nous, vétérinaires, nous savons bien que, pour les animaux comme pour les humains, il faut respecter les lois de la nature, sinon les animaux en sont les premiers affectés.

Ils faisaient vraiment pitié, tous les deux. Ce qu'ils disaient n'était pas faux, je n'avais pas de raison de ne pas les suivre sur ce point, c'était juste leur dernière phrase sur les animaux qui m'énervait un peu. Elle reflétait en effet le profond mépris des humains pour nous, les animaux, mais je sais bien qu'il n'y a pas grand-chose à faire, si tant est que la nature de l'homme soit par définition celle d'un animal supérieur.

Deux mois plus tard, ils ont repris la campagne d'accouplements à grande échelle. Mais moi, ma période de rut était passée, je n'avais donc plus le même bouillonnement dans les veines, j'étais amorphe, pas du tout au top de ma forme.

Cette fois-ci, cependant, le taux de survie des agneaux s'est nettement amélioré. Les dirigeants du canton ont été très contents, et les deux vétérinaires aussi. Ils ont recollé les certificats des prix qu'on leur avait déchirés, les ont de nouveau encadrés et accrochés au mur.

Les autorités supérieures sont venues inspecter le travail. Elles ont félicité les dirigeants du canton, les fonctionnaires du village et les deux vétérinaires. Les dirigeants du canton, en retour, se sont empressés de leur lécher les bottes en disant qu'ils n'avaient fait que suivre leurs instructions. Les grands chefs étaient très contents. L'un d'eux m'a même décoré d'une grosse fleur rouge. Il en a profité pour me demander :

— Après un tel succès, tu dois être content, non ? Tu n'es pas fier ?

Ne sachant que répondre, je n'ai rien dit.

Alors le vétérinaire aux lunettes s'est précipité vers moi en disant :

— Bien sûr qu'il est content, ces deux derniers jours, j'ai remarqué qu'il n'en dormait pas.

J'avais envie de lui envoyer un coup de sabot dans les jambes. Je me demandais quand il avait bien pu remarquer ça au cours des deux jours précédents ; la vérité, c'est que j'avais dormi à poings fermés, sans doute parce que j'étais très fatigué. Le grand chef ne s'est pas douté de mes objections, il avait tourné la tête pour parler avec les autres.

Quant au vieux chef de village qui n'avait pas voulu que je monte ses brebis, il avait été sanctionné. Pour ne pas avoir exécuté les instructions de ses supérieurs, il avait été limogé et remplacé par un jeune du village qui, lui, s'était empressé de les mettre en œuvre. Quelques jours plus tard, lui et les membres de son équipe ont amené les brebis de leur village. Elles ont été montées par d'autres béliers venus du Xinjiang, je n'y ai pas participé moi-même, ayant prétexté que je ne me sentais pas très bien. C'est vrai que je ne me sentais pas en grande forme, mais c'est sûr aussi que je n'avais pas envie de prendre part à cette nouvelle campagne, je ne sais trop pourquoi. Tous ces béliers étaient très excités et, une fois leur travail terminé, ils en ont discuté avec ferveur pendant plusieurs jours.

Il reste encore une chose à dire. Le vieux chef de village s'est de nouveau fermement opposé à ce que mes congénères du Xinjiang viennent monter ses brebis. Mais comme, à ce moment-là, on avait déjà établi les contrats d'élevage par foyer dans le village, les dirigeants du canton n'ont rien pu dire et sont repartis sans le sanctionner. Quand il a entendu dire que je n'avais pas participé à la deuxième campagne d'accouplements, le vieux chef de village est venu me voir. Mais il s'est contenté de m'observer, puis il est reparti sans rien dire.

Au cours des deux années suivantes, il n'y a guère eu de changement. Les accouplements se sont poursuivis comme auparavant ; le taux de survie des agneaux s'est stabilisé. Deux ans plus tard, les agneaux ayant grandi, cette race améliorée a commencé à donner de la laine. Il est certain que cette laine des moutons nés du croisement avec nous, les béliers du Xinjiang, était nettement plus abondante que celle produite par les moutons purement tibétains et elle était aussi d'un blanc plus éclatant. Cette année-là, elle a atteint un très bon prix et les bergers ont encaissé des revenus appréciables.

La radio du district aussi bien que les journaux de la province et jusqu'aux chaînes de télévision, tous les médias ont diffusé des reportages sur ce succès. On a fait de nous un modèle de réussite qu'on a commencé à diffuser dans toute la région, comme si la race des moutons des hauts pâturages du Qinghai, ainsi transformée, apportait à tous la prospérité. J'ai entendu dire que l'on avait fait venir d'autres béliers du Xinjiang ; mais, d'après mes informations, ils ont tous été transportés en train ou en camion, aucun n'est venu par avion. De ce point de vue, de tous ces béliers je suis celui qui a eu le plus de chance, mais maintenant je ne pense pas que ce soit un motif de fierté.

C'est deux ans plus tard encore que les choses ont changé. La laine des moutons améliorés de notre descendance n'était plus la mine d'or qu'elle était au départ car ils avaient besoin de bien plus de nourriture que les moutons de pure race tibétaine, ce qui a entraîné des conséquences. Certains dirigeants haut placés ont commencé à réévaluer la question en disant que finalement ce n'était peut-être pas l'idéal pour améliorer une espèce animale. Mais ils se sont bornés à dire *peut-être*, ils n'ont pas dit que c'était cent pour cent erroné[1].

Certains bergers, de leur côté, ont commencé à se plaindre que non seulement la laine des moutons améliorés ne rapportait pas tant que ça, mais qu'en plus, comme il leur fallait bien plus de nourriture, l'élevage dans ces conditions n'était pas rentable. Certains sont même allés jusqu'à dire que la viande des moutons de l'espèce améliorée avait un goût bizarre, qu'elle n'était pas bonne à manger. Ça, ça nous a mis en colère, nous les béliers, alors on a décidé collectivement de faire une grève de la faim pour protester contre ces propos. Mais notre grève de la faim a en fait réjoui tout le monde : les bergers ont dit que ça tombait bien, que ça leur économiserait du fourrage. Des désaccords sont apparus entre nous : certains béliers ont dit que faire grève n'avait aucun sens et ils sont retournés brouter. La grève n'a donc pas continué. J'en ai éprouvé une profonde déception envers mon espèce.

A ce moment-là, la laine des moutons tibétains s'est mise à prendre de la valeur car on avait entrepris de

1. On pense ici au jugement porté sur Mao après la Révolution culturelle : il n'avait pas entièrement raison, mais il n'avait tort qu'à trente pour cent.

l'exporter à l'étranger. De nombreux bergers se sont précipités ailleurs pour acheter des béliers de pure race tibétaine afin de les croiser avec les brebis locales de l'espèce améliorée en espérant revenir à l'espèce d'origine. Cela a désespéré mes congénères. Mais pas moi ; je me suis juste dit que les voies de ce monde sont impénétrables et qu'il ne faut pas chercher à les comprendre.

C'est alors que le vieux chef de village est devenu *la* personnalité en vue. A la radio du district, dans la presse de la province, à la télévision, tout le monde parlait de lui. A la télévision, je n'ai vu que sa photo et c'est une voix inconnue qui a raconté son histoire. Par la suite, je l'ai finalement entendu la raconter lui-même. Ce jour-là, il avait été invité à participer à une grande réunion de remise de prix au niveau de la province. Un reporter de la télévision lui a demandé :

— Monsieur le chef de village, pourquoi avez-vous toujours catégoriquement refusé de croiser vos brebis avec les béliers venus du Xinjiang ?

— Il y a longtemps que je ne suis plus chef de village, a-t-il répondu en fixant le journaliste, alors ne m'appelez pas comme ça.

Le journaliste a hésité un instant avant de continuer :

— Bien, mais vous avez été plein de clairvoyance, pouvez-vous nous en dire deux mots ?

Le vieux chef de village a regardé la caméra, puis le journaliste, avant de répondre d'une voix qui manquait de naturel :

— Je n'ai pas fait preuve de clairvoyance, pas du tout.

Le journaliste est devenu un peu tendu :

— Très bien, mais dites-nous juste quelques mots, si vous le voulez bien.

— Si je parle à la télévision, tout le monde va me voir ? a demandé le vieux chef de village.

— Mais oui, a répondu joyeusement le journaliste, tout le monde va vous voir, allez-y, parlez.

— Dans ce cas, je ne peux rien dire, s'est écrié le vieil homme, si tout le monde, partout, peut me voir, comment voulez-vous que je parle de choses aussi vulgaires que ces histoires d'accouplement ? Si les gens du village me voient, je perdrai la face.

Le journaliste en est resté coi et on a vu apparaître quelqu'un d'autre à l'écran.

A son retour, les villageois lui ont demandé de redevenir le chef du village, mais il a refusé. Alors ils ont choisi son fils pour le remplacer.

Au village et dans les villages avoisinants, certains bergers lui ont amené leurs brebis de l'espèce améliorée pour les accoupler avec ses béliers de pure race tibétaine. Mais il a refusé en disant que c'était encore plus aberrant. Là, les gens ont trouvé qu'il était bizarre, qu'il devait avoir un grain. Mais il se souciait comme d'une guigne de ce qu'ils pensaient ; il a gardé imperturbablement la même ligne de conduite.

Mes congénères ont été vendus, les uns après les autres, et envoyés à l'abattoir du district.

Ceux qui restaient étaient très déprimés, on voyait bien qu'ils attendaient la mort.

Je suis allé plusieurs fois voir les deux vétérinaires pour leur dire :

— Notre viande n'est pas bonne, elle est dure, personne ne veut en manger ; ce n'est donc pas la peine de nous vendre.

— Tu n'as pas tort, m'ont-ils répondu, mais tu n'as pas à t'en faire, que la viande soit bonne ou pas, il y aura toujours quelqu'un pour la manger. Tu n'as qu'à voir, on vend de la viande de chien pour de la viande de mouton aux gens de la ville, ils sont incapables de remarquer la différence, alors pour la viande de bélier, c'est pareil, ils n'y verront que du feu.

J'en suis resté sans voix, mais infiniment blessé au fond de moi. Je me suis dit : Voilà bien la distinction qui sépare l'homme du bétail : le bétail a pour vocation de finir à l'abattoir.

Un matin de bonne heure, à la fin de l'automne, les deux vétérinaires sont entrés dans mon enclos, accompagnés par un autre homme. J'ai vu tout de suite que c'était un boucher. Tout son corps dégageait une forte odeur de sang et j'ai eu tout de suite l'intuition que c'était celui de mes congénères. Je pressentais ce qui allait se passer.

Les deux vétérinaires m'ont regardé en silence, l'air d'avoir quelque chose à dire mais sans parvenir à l'exprimer. Bravement je leur ai demandé :

— Vous voulez me vendre à la boucherie ?

Après un instant d'hésitation, le vétérinaire aux lunettes m'a répondu :

— On a des instructions d'en haut : on doit vendre tous les béliers du Xinjiang.

J'ai éclaté de rire et je leur ai dit en plaisantant :

— Y compris moi, qu'on a fait venir en avion ?

Son collègue à la blouse abîmée m'a répondu sans avoir l'air de comprendre la plaisanterie :

— On sait bien que tu n'es pas comme les autres et on est bien conscients que tu as beaucoup donné de ta personne, mais maintenant tout a changé, on n'y peut rien.

Comme j'étais toujours intrigué par sa blouse, je lui ai demandé :

— Pourquoi tu continues à porter une blouse aussi élimée ? Tu ne pourrais pas en changer ?

Il a eu l'air surpris, comme s'il n'avait pas compris ma question, et m'a lancé :

— Comment ça ?

— Je te demande pourquoi tu continues à porter une blouse aussi élimée sans en changer.

Il a enfin eu l'air de comprendre et m'a répondu :

— Ah, ce n'est pas grave, j'y suis habitué.

Alors je lui ai répliqué, mi-ironique, mi-sérieux :

— Tu devrais profiter de l'argent que vous allez tirer de ma vente pour t'en acheter une autre, celle-là est vraiment trop vieille, trop râpée.

Il a eu l'air touché :

— Un grand merci, m'a-t-il dit, mais cet argent

n'est pas pour nous, il faudra qu'on le donne à nos supérieurs, cette vente ne nous concerne pas.

Après quoi, le boucher m'a emmené.

Comme je le suivais sans opposer de résistance, il m'a regardé d'un air étonné et m'a demandé :

— Pourquoi ne fais-tu pas la moindre tentative de résistance ?

Je n'ai rien répondu.

A l'arrière du tracteur, il y avait déjà quelques-uns de mes congénères, l'air complètement démoralisé. Je leur ai dit bonjour, mais ils n'étaient pas d'humeur à me répondre.

Le boucher m'a jeté au milieu d'eux et le tracteur a démarré avant même que j'aie eu le temps de me remettre fermement sur mes pattes. J'ai jeté un regard en arrière, mais les deux vétérinaires avaient déjà disparu.

Au bout d'un moment, le tracteur, semble-t-il, a été arrêté par des cris. Puis m'est parvenue la voix du boucher qui, dehors, discutait avec quelqu'un.

Un moment plus tard, le boucher a grimpé à l'arrière du tracteur, m'a attrapé et traîné vers le bord.

Un peu anxieux, je lui ai demandé :

— Qu'est-ce que tu fabriques ?

— Je ne fabrique rien, m'a-t-il répondu, quelqu'un vient de t'acheter, alors dégage !

Et il m'a jeté dehors.

Quand le tracteur est reparti, à ma grande stupéfaction, j'ai vu devant moi le vieux chef de village.

Il s'est approché, m'a accroché une corde rouge au cou, puis a longuement psalmodié une prière.

Comme je le regardais sans comprendre, il m'a dit :

— Tu es désormais libéré [1] ; personne dans la prairie ne peut plus te capturer.

Et comme je le regardais d'un air toujours aussi ahuri, il m'a montré, dans le lointain, les montagnes enneigées d'un blanc éclatant et m'a dit :

— Vas-y !

---

1. Il s'agit du rituel boudchique dit *fangsheng* qui consiste à racheter des animaux en captivité ou destinés à l'abattoir pour les relâcher dans la nature. C'est un acte de compassion traditionnellement considéré comme un puissant moyen pour accumuler des mérites.

BALLON

Dargye fouilla dans le tiroir, sous l'oreiller, dans tous les endroits possibles et imaginables, sans réussir à trouver ce qu'il cherchait. Il demanda à sa femme Drolkar, sans plus de résultat.

Abandonnant sa recherche, il enfourcha sa vieille moto et partit. En chemin, il aperçut ses deux fils qui jouaient en tenant chacun un ballon bizarre au bout d'une ficelle. En s'approchant, il vit que c'était justement ce qu'il cherchait. Tout en les fusillant du regard, il leur demanda :

— Où avez-vous trouvé ça ?

Les deux gamins échangèrent un regard en coin et ne répondirent rien.

Les yeux ronds comme des billes, son père qui gardait les moutons avec les deux enfants lui demanda :

— Ils sont tous les deux arrivés aux aurores avec ces trucs à la main et ils n'ont pas cessé de jouer avec, c'est quoi ?

Dargye fustigea encore les deux garnements du regard, puis se tourna vers le vieil homme et lui répondit sèchement :

— Ce sont des ballons.

Le vieil homme répliqua en le regardant d'un air incrédule :

— Tu te fiches de moi ? Un ballon, c'est rond, c'est pas des ballons, ça !

— Eh bien, si, ce sont quand même des ballons, répondit Dargye d'un ton cassant sans quitter son père des yeux.

Le vieil homme ne répliqua rien ; il se détourna et se mit à psalmodier le mantra des six syllabes *Om mani padme hum*, le mantra de la grande compassion du bodhisattva Chenrezig. Il ne savait pas lire et était incapable d'en réciter plus, il aimait juste répéter ce mantra. Quand on lui demandait s'il ne pourrait pas un peu réciter autre chose, il répondait toujours en souriant : « C'est suffisant, tous les autres mantras sont compris dans celui-ci. Quand on l'a répété cent millions de fois, on est prêt à accéder aux trésors de la réalité ultime. »

Dargye savait que c'était l'une des manières qu'avait son père d'exprimer son mécontentement. Le laissant à sa récitation, il alluma une cigarette sans quitter des yeux les deux gamins en train de jouer, puis, l'air toujours aussi furieux, il creva du bout de sa cigarette les deux ballons qui se dégonflèrent avec un *pffffff* retentissant, retrouvant leur forme originelle : deux petites choses atrophiées, sans éclat.

Le vieil homme cessa de psalmodier son mantra et se tourna vers Dargye pour lui demander :

— Pourquoi tu as crevé les jouets des enfants ?

Mais Dargye continua de fumer en souriant, sans rien lui répondre.

Les deux gamins se mirent à pleurer en se frottant les yeux et en sanglotant de plus en plus fort.

Les yeux toujours écarquillés, le vieil homme demanda à Dargye :

— Tu peux me dire pourquoi tu as crevé leurs ballons ?

— Ce sont des jouets qui ne valent rien, répondit sèchement Dargye en fixant son père.

— Mais tu viens de me dire que ce sont des ballons, non ? Comment des ballons peuvent-ils poser problème ?

Dargye ne savait comment l'expliquer ; il réfléchit donc un moment avant de répondre :

— Ce ne sont pas des jouets pour des enfants, tu ne peux pas comprendre.

— Tu veux dire que ce sont des ballons pour adultes ? revint à la charge le vieil homme.

Dargye ne put s'empêcher d'éclater de rire.

— Mais c'est quoi, ces trucs ? reprit son père sans le quitter des yeux.

— C'est des ballons, c'est des ballons, hurlèrent les enfants en pleurs.

Comme le vieil homme gardait les yeux obstinément fixés sur lui, Dargye finit par céder :

— C'est bon, c'est bon, lança-t-il aux deux garçons,

je vais vous emmener en ville et je vous achèterai deux ballons de couleur, un pour chacun, bien mieux que ceux-là.

— C'est vrai ? demandèrent les enfants toujours en pleurs.

— Bien sûr que c'est vrai, répliqua Dargye en riant, si votre père vous le dit, ça ne peut pas être un mensonge.

Alors les enfants cessèrent enfin de pleurer et essuyèrent en riant les larmes et la morve sur leur visage. Leur grand-père reprit sa psalmodie du mantra *Om mani padme hum*, en changeant de ton comme à son habitude, ce qui permettait de suivre ses variations d'humeur : sa voix s'était adoucie.

Après avoir fini d'égrener son bracelet de prière, il demanda à Dargye :

— Tu vas au village à côté pour emprunter un bélier ?

— Oui, répondit Dargye, et cette fois j'en veux un bon.

Son père sourit d'un air entendu. Voyant qu'il avait son bracelet de prière à la main, Dargye lui demanda :

— Tu vas bientôt avoir récité le mantra cent millions de fois ?

— Oui, bientôt, répliqua le vieil homme avec un air d'intense contentement.

Ils continuèrent encore un peu à bavarder, puis Dargye fit démarrer sa vieille moto et partit. L'engin s'éloigna en pétaradant et en dégageant une épaisse fumée. Il était déjà loin quand le vieil homme hurla à son fils :

— Il faut que tu rapportes un bélier de qualité supérieure, cette fois, un bélier ordinaire, ça ne sert à rien !

Peu après, à la tombée de la nuit, Dargye était déjà dans le village voisin, près de l'enclos à moutons d'un de ses amis. En montrant quelques béliers dans l'enclos, son ami lui dit :

— Cette année, j'ai acheté des béliers du Xinjiang, on m'a dit qu'ils étaient vraiment très bien, tu devrais en prendre un pour essayer.

— C'est sûr que les béliers du Xinjiang sont bien, répondit Dargye, ces deux dernières années, mon troupeau de moutons s'est un peu abâtardi, il faut que j'améliore la race.

Les béliers en question avaient l'air costauds et, incapables de rester en place, couraient de tous les côtés en harcelant quelques brebis du troupeau. Leurs testicules pendants étaient enveloppés dans un bout de tissu d'une couleur indéfinissable, attaché bien serré.

Le soir, les deux amis burent pas mal d'alcool en discutant de choses et d'autres.

Le lendemain matin de bonne heure, son ami ramena Dargye à l'enclos à moutons. Montrant les béliers du Xinjiang, il lui dit :

— Choisis celui que tu préfères.

Mais Dargye ne savait lequel prendre :

— Ils ont tous l'air très bien, pas facile de choisir.

Son ami sourit avec satisfaction, comme si les compliments de Dargye lui étaient adressés. Il était lui aussi très costaud.

Après avoir finalement choisi un animal, Dargye le montra à son ami qui appela son fils pour aller le chercher dans l'enclos. Le garçon était solide, mais il lui fallut plusieurs tentatives pour parvenir à attraper l'animal, et même alors, le bélier était tellement vigoureux qu'il réussit plusieurs fois à reprendre le large.

— Tu as vraiment l'œil, dit l'ami, ce bélier, je l'ai payé assez cher, tu l'as remarqué tout de suite.

— Tu aimerais le garder, non ? demanda Dargye en souriant modestement.

— C'est vrai, répondit son ami, si hier soir je n'avais pas bu l'alcool que tu m'as apporté, je ne t'aurais certainement pas laissé l'emporter. Je pensais l'utiliser pour moi. Mais puisqu'on s'est mis d'accord, emporte-le.

Pendant que Dargye attachait solidement le bélier à l'arrière de sa moto, la femme et le fils de son ami, à l'écart, le regardaient faire comme s'ils regrettaient de voir partir l'animal.

Il était plus de neuf heures du matin quand Dargye fut de retour chez lui.

Lorsqu'il détacha le bélier de l'arrière de sa moto et le posa par terre, l'animal ne semblait pas bien solide sur ses pattes, mais cela ne dura qu'un instant, il retrouva aussitôt ses esprits et son état normal. Le vieux père de

Dargye accourut pour voir de quoi il avait l'air. Il en fit plusieurs fois le tour en l'examinant attentivement, par-devant et par-derrière, et en hochant la tête de satisfaction.

— C'est un bélier du Xinjiang, expliqua Dargye, on m'a dit qu'ils sont formidables.

Le vieil homme enleva le morceau de tissu sale qui recouvrait les testicules du bélier et les palpa avec force en opinant :

— Oui, vraiment pas mal !

Mais cela parut faire mal au bélier qui, avec un bêlement bizarre, fit un pas en arrière et fonça sur le vieil homme qu'il renversa. Dargye retint aussitôt l'animal.

Le vieil homme ne se relevait pas ; il restait par terre à regarder le bélier en hochant la tête d'un air ravi. Puis il psalmodia quelques *Om mani padme hum* avant de déclarer :

— Ce bélier n'est vraiment pas mal du tout !

Dargye emmena l'animal et l'attacha à un poteau en bois.

A ce moment-là, les enfants arrivèrent en courant et demandèrent à Dargye :

— Papa, tu nous as acheté un ballon de couleur ?

— Cette fois, expliqua Dargye aux deux gamins, je ne suis pas allé en ville, la prochaine fois que j'y vais, je vous promets de vous en rapporter un à chacun.

C'est alors que le vieil homme se releva et se mit lentement debout en déclarant :

— C'est vrai que ces béliers du Xinjiang ne sont pas ordinaires, je l'avais entendu dire, mais maintenant je l'ai vu, ce n'est pas des histoires.

A ces mots, Dargye fut ravi, comme si ces louanges lui étaient destinées à lui et non pas au bélier.

Son vieux père rapporta de la maison un morceau de tissu rouge flambant neuf et le donna à son fils en disant :

— Il faut bien lui envelopper les testicules avec ce tissu, comme ça, quand il montera une brebis, il aura toute sa force.

— Mais il en avait déjà un, pourquoi lui mettre ce tissu neuf ?

— Tu n'as pas vu comme l'autre était sale ? Il faut utiliser du bon tissu, pour que ça porte bonheur.

Dargye éclata de rire en entendant cela mais ne répondit rien. Aidé de son père, il prit le morceau de tissu rouge et en enveloppa les testicules du bélier. Mais le nouveau tissu, bien que tout doux, n'avait pas l'air de plaire à l'animal ; il s'assit et ne bougea plus.

La femme de Dargye, Drolkar, sortit alors de la maison et toussa deux fois très fort. Dargye et son père prirent des mines très sérieuses et le vieil homme se remit à réciter le mantra des six syllabes. Drolkar ne les regarda ni eux ni le bélier ; elle annonça juste en regardant au loin, droit devant elle :

— Le déjeuner est prêt.

— Va manger, je te suis, dit Dargye à son père.

Quand il fut parti, Dargye dit en riant à Drolkar en lui montrant le bélier :

— Regarde, que penses-tu de ce bélier, cette fois ?

— Je trouve qu'il te ressemble, répondit Drolkar en riant elle aussi.

— Comment peux-tu me comparer à cet animal ? s'exclama Dargye en riant aux éclats. C'est un bélier du Xinjiang, c'est ce qu'il y a de mieux.

Drolkar alla donner de l'eau à une brebis qui était attachée un peu plus loin. C'était une vieille brebis sans beaucoup de vigueur ; elle but deux gorgées et s'arrêta. Elle jetait de temps en temps un coup d'œil au bélier du Xinjiang récemment arrivé, et lui, de son côté, la regardait d'un air vaguement méprisant.

— Cela fait deux ans que cette brebis n'a pas mis bas, déclara Dargye, on dirait qu'elle n'en est plus capable.

— Mais elle est très docile, répliqua Drolkar, un peu inquiète.

— Ça sert à quoi, qu'elle soit docile ? demanda Dargye. Si elle ne peut pas donner d'agneau, elle n'est plus d'aucune utilité. Regarde, reprit-il en grommelant, gêné par le regard insistant que Drolkar posait sur lui, tu vois, tu lui apportes de l'eau et elle ne boit même pas.

Mais juste à ce moment-là, les yeux fixés sur Dargye et Drolkar, la vieille brebis vida la cuvette comme si elle n'avait pas bu depuis plusieurs jours. Drolkar regarda Dargye en riant.

— On dirait que cette brebis comprend ce qu'on dit, commenta Dargye en la regardant.

Comme Drolkar continuait de rire, il reprit son sérieux :

— Dans un mois, il va falloir la vendre pour payer les frais de scolarité et la pension du prochain trimestre de l'école de Jamyang.

Drolkar cessa de rire. Elle alla chercher encore un peu d'eau et la versa dans la cuvette devant la brebis. Mais cette fois-ci, celle-ci ne but pas. Elle semblait fixer Dargye intentionnellement.

Une voix masculine se fit alors entendre, venant de l'enclos à moutons :

— Hé, Dargye, qu'est-ce que tu fais ?

Levant la tête, Dargye reconnut le responsable du dispensaire du canton, Sonam Tashi. Montrant le bélier attaché au poteau, il expliqua :

— Mon ami m'a prêté ce bélier, dans les jours qui viennent, je vais lui faire monter mes brebis.

— Ah, répondit Sonam Tashi, c'est un bélier du Xinjiang, on dit qu'ils sont épatants.

— Oui, c'est ce que j'ai entendu dire, moi aussi, confirma en riant Dargye, tout en jetant un regard en coin à Drolkar.

— Bon, c'est très bien, alors, dit Sonam Tashi en souriant.

Comme il s'apprêtait à partir, Drolkar lui demanda :

— La doctoresse Chotsok n'est pas là, ces jours-ci ? Comment se fait-il que je ne l'aie pas vue ?

— Si, elle est là, répondit Sonam Tashi, mais elle est pas mal occupée. Tu as besoin d'une consultation ?

— Non, répliqua Drolkar d'un air détaché, c'était juste pour savoir.

— Ah, d'accord, dit Sonam Tashi. Et il s'en alla.

Quand il fut parti, Dargye demanda à Drolkar :

— Pourquoi lui as-tu demandé si la doctoresse était là ?

— Oh, pour rien, répondit très vite Drolkar.

Après le petit-déjeuner, Drolkar partit seule au dispensaire du canton.

Comme Sonam Tashi était en train d'examiner un malade, il fit asseoir Drolkar sur un banc pour la faire attendre. Après avoir regardé d'un air inquisiteur de tous les côtés, elle finit par demander :

— Vous ne m'aviez pas dit que la doctoresse était là ? Où est-elle passée ?

— Elle est partie voir une malade, répondit Sonam Tashi sans la regarder, elle ne va pas tarder. Reste assise en attendant.

— Ah, murmura juste Drolkar, et elle cessa de regarder autour d'elle.

Sonam Tashi rédigea une ordonnance pour le malade et lui expliqua soigneusement en la lui remettant ce qu'il avait à faire. Quand le patient fut parti, il demanda à Drolkar :

— Qu'est-ce qui ne va pas ? Tu veux que je t'examine ?

— Non, répondit Drolkar, un peu gênée, c'est un problème de femme.

— Mais nous, les médecins, on peut aussi soigner les problèmes de femmes, répliqua en riant Sonam

Tashi, qui a dit que seules les doctoresses pouvaient soigner les maladies de femmes ?

— Je préfère attendre la doctoresse, dit-elle.

— Vraiment, lança Sonam Tashi d'un air mécontent, mais dans quelle époque vivez-vous, toutes autant que vous êtes ? Vous avez toujours la même mentalité rétrograde.

Drolkar se contenta de sourire sans rien dire.

Sonam Tashi la laissa tranquille et, sans plus se soucier d'elle, prit un journal qu'il se mit à feuilleter.

A son retour, la doctoresse interpella Drolkar ; sans attendre que celle-ci ait ouvert la bouche, Sonam Tashi lança à sa consœur :

— Elle t'attend pour une consultation.

— Mais pourquoi ne t'es-tu pas occupé d'elle en attendant ? demanda la doctoresse.

— Ah, fit Sonam Tashi d'un air un peu pincé, elle m'a dit que c'était un problème de femme et qu'elle ne voulait pas d'un médecin, elle ne veut être examinée que par une femme.

— Je comprends, dit la doctoresse en regardant Drolkar qui avait un sourire extrêmement gêné, je comprends. Eh bien, puisque la patiente ne veut pas que tu l'examines, continua-t-elle en se tournant vers Sonam Tashi, qu'est-ce que tu fabriques ici ? Tu ne pourrais pas dégager et me laisser avec elle ?

— Ah, répéta Sonam Tashi, qu'est-ce que ça a d'extraordinaire ? Comme si je n'avais jamais examiné de femmes !

— Arrête de te vanter, répliqua la doctoresse en riant, tu n'as même pas réussi à en trouver une à épouser, alors tu ne devrais pas trop la ramener.

Sur quoi elle et Drolkar éclatèrent de rire.

Sonam Tashi devint écarlate et répliqua :

— Ça n'a rien à voir. La raison pour laquelle je ne suis pas marié, c'est que j'ai peur de perdre ma liberté.

Comme les deux femmes continuaient de rire, il prit un paquet de cigarettes dans le tiroir et sortit en claquant la porte. Il ne restait plus dans la pièce que la doctoresse et Drolkar.

— Alors, dis-moi ce qui ne va pas, demanda la doctoresse.

— Eh bien, répondit Drolkar après un instant d'hésitation, je voudrais me faire ligaturer les trompes.

— Ah, mais c'est une opération à n'envisager qu'en dernier recours.

Comme Drolkar ne répondait rien, la doctoresse lui demanda tout à trac :

— Mais d'où te vient soudain cette idée ?

— C'est que la ligature, ça facilite la vie. On n'a plus à se faire de souci.

— Je vous ai pourtant donné des préservatifs gratis, objecta la doctoresse, c'est aussi très facile d'emploi, pourquoi ne vous en servez-vous pas ?

— On n'en a plus, avoua Drolkar, l'autre jour, les petits les ont chipés pour s'en faire des ballons.

Elle ne put s'empêcher d'éclater de rire et la doctoresse en fit autant.

— Ton mari est éleveur de moutons, non ? continua celle-ci en riant. C'est la période de reproduction, plus les animaux s'accouplent, plus ils en ont envie.

Drolkar rit d'un air embarrassé et répondit en baissant la voix :

— Ces deux dernières années, il est redevenu à peu près comme quand il était jeune, il n'en a jamais assez, je ne sais vraiment pas quoi faire.

— Tu ne lui aurais pas donné à manger quelques trucs délicieux pas ordinaires, par hasard ? demanda la doctoresse en riant.

— Quels trucs ? s'étonna Drolkar en riant elle aussi.

— Et comment je saurais, moi ?

— Il ne mange rien de bizarre, juste de la viande de mouton de temps à autre, à part ça, qu'est-ce qu'on pourrait avoir de délicieux à manger ?

— J'ai entendu dire que la viande de mouton est très nourrissante, continua la doctoresse, il vaudrait peut-être mieux lui en donner moins.

— Il adore ça, rétorqua Drolkar, ce n'est pas possible.

Cela les fit rire de nouveau, puis Drolkar demanda :

— Alors quand est-ce que vous m'opérez ?

— Le mois prochain, répondit la doctoresse. Il y a justement d'autres femmes du village qui veulent en faire autant. Je vais vous opérer en même temps.

— Très bien, dit Drolkar.

— Tu ne veux pas que je te pose d'abord un stérilet ?

— Un stérilet ?

— Oui, c'est facile à poser, je peux le faire aujourd'hui. C'est aussi très sûr.

— Ça non, contesta Drolkar, on en avait posé un à la femme de Wangyal ; il est tombé sans qu'elle s'en rende compte, leur petite fille l'a trouvé et s'en est fait une bague. Ils ont été la risée du village. Il y a de quoi mourir de honte.

— C'est vrai ? demanda la doctoresse, morte de rire.

— Bien sûr que c'est vrai, répliqua Drolkar en riant de plus belle.

— Alors d'accord, oublions ça, il faut reconnaître que ces trucs ne sont pas très fiables.

Drolkar la regarda en souriant, comme si elle voulait ajouter quelque chose, mais ne dit rien.

Après avoir retrouvé son sérieux, la doctoresse s'enquit :

— Tout est réglé ? Si tu n'as plus rien à me demander, je vais faire rentrer Sonam Tashi pour qu'il n'aille pas penser qu'on est en train de comploter quelque chose dans son dos.

— Vous ne pourriez pas me donner encore quelques-uns de ces trucs ? demanda alors Drolkar.

— Quels trucs ? insista exprès la doctoresse.

— Ces trucs que vous m'aviez donnés gratis, expliqua Drolkar au comble de l'embarras, je ne pourrais pas en avoir quelques-uns en plus ?

— Ah oui, s'exclama la doctoresse comme si elle comprenait soudain, je vois, mais tu ne pourrais pas parler clairement ? A ton âge, quand même, on dirait que tu es encore une ado.

— Je n'arrive pas à le dire, s'excusa Drolkar.

— Pour l'instant, je n'en ai plus, mais la prochaine fois, je t'en donnerai plein.

— Alors je rentre, dit Drolkar.

Mais comme elle était sur le point de sortir, la doctoresse la rappela ; fouillant dans son tiroir, elle en sortit un préservatif qu'elle lui tendit en disant :

— Je n'en ai plus qu'un, tu le veux ?

— Un seul ? protesta Drolkar, ça ne sert pas à grand-chose.

— Prends-le toujours, répliqua la doctoresse en riant, au cas où cela te serait utile, sinon je le garde pour moi.

— Vous n'en avez pas besoin ?

— Pas en ce moment. Tu le veux ou pas ? Si tu ne le prends pas, je le donnerai à quelqu'un d'autre.

Alors Drolkar se dépêcha de prendre le truc et le fourra dans sa poche.

Le fils aîné de Dargye et Drolkar s'appelait Jamyang. Il était au collège de la capitale du district, mais il rentrait chez lui pour les vacances d'été. En chemin, il rencontra par hasard son grand-père et ses deux petits frères qui gardaient les moutons. Son grand-père fut ravi de le voir et, lui prenant la main, lui demanda :

— Jamyang, te voilà de retour, alors tu es en vacances ?

— Oui, répondit Jamyang, je vais pouvoir rester un mois à la maison.

— Très bien, dit son grand-père, ce n'est pas trop dur, à l'école ?

— Non, répliqua Jamyang, pas du tout.

— Bon, ça c'est bien, continua le grand-père en l'observant attentivement, mais tu as un peu maigri.

— Tu nous as apporté quelque chose ? demandèrent ses petits frères, tu nous montres ?

Jamyang sortit en riant une bande dessinée de son sac et la leur donna.

— Tu ne nous as pas acheté quelque chose à manger ? demandèrent les deux gamins

— Je n'ai pas d'argent, répondit Jamyang, mais quand j'en aurai, je vous achèterai des tas de bonnes choses. Et j'en achèterai aussi pour grand-père, ajouta-t-il en se tournant vers le vieil homme qui se mit à rire.

— Ce livre est très intéressant, dit-il en feuilletant la bande dessinée.

Piqués par la curiosité, les deux enfants s'approchèrent pour regarder. Après l'avoir parcouru un moment, le plus jeune demanda :

— L'histoire, elle raconte quoi ?

— Je vais vous l'apprendre et on va la jouer, leur proposa Jamyang, comme ça, vous saurez de quoi ça parle.

— Oui, oui, crièrent en chœur ses petits frères.

En les voyant ainsi tout excités, Jamyang leur dit :

— Le problème, c'est qu'il nous faudrait un autre enfant, dans l'histoire il y en a quatre, nous on n'est que trois, comment faire ?

— On n'a qu'à prendre grand-père, dit le plus petit en montrant le vieil homme.

— Non, non, dit le grand-père en hochant la tête, jouez, vous, moi je ne joue pas.

— Pourtant, dit le petit, papa dit que, plus tu vieillis, plus tu ressembles à un enfant, alors tu vois, tu peux jouer avec nous.

— Quand est-ce qu'il a dit ça ? demanda le grand-père, stupéfait.

— Je te le dirai si tu joues avec nous, répliqua le gamin.

— Grand-père, si tu veux, tu joueras l'éléphant, proposa Jamyang, joue avec nous.

Voyant qu'ils ne le lâcheraient pas, le vieil homme finit par céder.

— D'accord, d'accord, dit-il.

Jamyang les fit approcher et leur dit très sérieusement :

— Maintenant, écoutez-moi bien. Vous allez faire exactement ce que je vais vous dire.

Les deux petits frères opinèrent de la tête, et le grand-père en fit autant.

Après avoir jeté un coup d'œil autour de lui, Jamyang choisit un endroit où se dressaient quelques arbres et leur dit :

— Il y a très très longtemps, il y avait un éléphant, un singe, un lapin et un perroquet qui, après avoir beaucoup marché, arrivèrent dans une prairie merveilleuse. Il y avait là un arbre immense, couvert de fruits. Au bout d'un certain temps, ils voulurent devenir frères jurés, mais ils ne savaient pas l'âge qu'ils avaient. Alors ils prirent chacun la taille de l'arbre pour modèle.

Il s'arrêta pour s'adresser à son grand-père :

— Grand-père, toi tu joues l'éléphant dans l'histoire, alors maintenant tu dois dire : « Quand je suis arrivé ici, dans cette prairie, l'arbre avait déjà des fruits, et j'en ai mangé. » Grand-père, tu te rappelles ce que tu dois dire ?

— Bien sûr, répondit le grand-père, cette histoire, je la connais.

— Alors raconte-la, toi.

Et le vieil homme la leur raconta.

— Très bien, dit Jamyang, c'est parfait, donc tu sais ce que tu dois dire.

Puis, montrant son nez, il continua :

— Moi, je joue le lapin, je dois dire : « Quand je suis arrivé ici, l'arbre était déjà grand, mais il n'avait pas encore de fruits. »

Il se tourna vers son petit frère :

— Rappelle-toi, toi, tu fais le singe. Il faut que tu dises : « Quand je suis arrivé ici, l'arbre était encore tout petit, il n'avait que quelques branches. » Tu te souviendras ?

— Bien sûr, dit le petit frère, c'est super simple.

— Très bien, dit Jamyang, alors dis-le-moi, pour voir.

Le petit le répéta sans une seule faute. Jamyang le félicita et passa à son plus jeune frère.

— Toi, tu fais le perroquet, alors tu dois dire : « Quand je suis arrivé ici, l'arbre n'était encore qu'un jeune arbrisseau, je lui ai fait plusieurs fois pipi dessus. »

Et il demanda tout de go au petit :

— Alors, tu joues qui ?

— Le perroquet, répondit le gamin sans l'ombre d'une hésitation.

— Et qu'est-ce que tu dois dire ?

— Euh, dit l'enfant en réfléchissant, quand je suis arrivé ici, l'arbre n'était encore qu'un jeune arbrisseau, je lui ai fait plusieurs fois pipi dessus.

Et il éclata de rire.

— C'est très bien, dit Jamyang, tu as bien retenu ta phrase.

— C'est vraiment trop drôle, dit le petit en se tordant de rire, ça fait pipi, un perroquet ?

— T'occupe, répondit Jamyang en regardant son petit frère d'un air sérieux, c'est ce qui est écrit dans le livre.

— Et c'est tout vrai, ce qui est écrit dans le livre ?

— Bien sûr que tout ce qui est écrit dans le livre est vrai, autrement, pourquoi est-ce qu'on l'étudierait ?

— Ah, d'accord, dit le petit frère.

— Bon, vous vous rappelez tous ce que vous devez dire ? demanda Jamyang à ses trois acteurs.

— Oui, répondirent-ils en chœur.

— Après, continua Jamyang, les animaux se sont répartis en grands et petits et à tour de rôle ont fait le serment d'être frères jurés. Le singe est monté sur le dos de l'éléphant, le lapin sur les épaules du singe, et le perroquet s'est juché sur le dos du lapin, et ainsi, en s'aidant et se respectant, ils ont vécu ensemble une vie merveilleuse[1].

A ce moment-là, le grand-père sembla soudain se souvenir de quelque chose.

— Ça ne va pas, dit-il, c'est moi qui dois jouer le perroquet, c'est idiot de me faire jouer l'éléphant, c'est le plus jeune des quatre.

Pour le dîner, Drolkar avait marqué l'occasion en faisant cuire une marmite de ragoût de mouton. Quand elle mit la viande sur la table, elle dit à la ronde :

— Jamyang, toi, tes petits frères et ton grand-père, bon appétit !

— Quoi, s'étonna Dargye en la regardant de travers, tu veux dire que je n'y ai pas droit ?

— Tu peux en manger un peu, mais pas trop, répondit Drolkar en lui lançant un coup d'œil en coin.

— Et pourquoi ?

— Pour rien, c'est juste pour que les enfants et ton père puissent en avoir plus.

Jamyang prit alors un morceau de viande et le donna à Dargye en lui disant, les yeux fixés sur sa mère :

— Tiens, papa, manges-en aussi, il y a tellement de viande, on ne pourra pas tout manger.

1. Il s'agit d'une histoire tirée des Jataka, ou récits des vies antérieures du Bouddha Shakyamuni. Dans les différentes versions de la fable, le quatrième animal est un oiseau, qui diffère selon les pays. Mais, dans la plupart des cas, il prétend être le plus âgé car c'est lui qui, à l'origine, aurait apporté la graine dont l'arbre est né. C'est une fable sur l'harmonie et le respect des anciens : les quatre animaux s'entraident pour parvenir jusqu'aux fruits de l'arbre.

— L'important, c'est que vous en ayez autant que vous voulez, répliqua Dargye en riant.

Alors que les hommes s'attaquaient à leur viande, arriva la jeune sœur de Drolkar. Elle s'appelait Changchub Drolma et elle était nonne dans un monastère non loin de là. Tout le monde se leva pour l'accueillir et la saluer.

Drolkar prit sa sœur par la main et lui demanda :

— Ce n'est pas trop dur, au monastère ?

— Mais non, pas du tout, répondit Changchub Drolma.

— Et comment se fait-il que tu sois venue nous voir ? demanda encore Drolkar.

— A l'automne prochain, répondit sa sœur, nous allons faire des réparations dans le hall d'assemblée du monastère, nous devons donc toutes aller recueillir des offrandes. On m'a dit que, cette année, Jamyang allait revenir pour les vacances ; j'ai pensé qu'alors ce serait bien s'il pouvait m'aider.

— C'est très bien, dit le grand-père, vraiment très bien… Mais la famille doit aussi faire un don, ajouta-t-il en regardant Dargye.

— Papa, cela va de soi, répondit celui-ci, il faut même qu'on donne une bonne somme pour que les autres en fassent autant.

— Parfait, dit Changchub Drolma en riant, alors demain je vais inaugurer mon porte-à-porte en commençant par ici ; Jamyang m'aidera à noter les dons, je n'arriverais pas à tout faire toute seule.

— Jamyang n'a rien à faire, affirma Drolkar, alors

autant qu'il t'aide, il y gagnera en même temps des mérites.

— Nous aussi, on veut y aller, s'écrièrent les deux petits.

— Très bien, dit Drolkar, allez-y tous les deux.

— Demain, ajouta le grand-père, je vais emmener Jamyang au monastère du village ; on va allumer quelques lampes à beurre pour sa grand-mère. Ce mois-ci, je l'ai vue plusieurs fois en rêve, et une fois elle a réclamé Jamyang.

— Très bien, dit Jamyang, allons-y demain.

— On veut y aller, nous aussi, renchérirent les deux petits.

— Très bien, leur répondit le grand-père, vous allumerez vous aussi une lampe à beurre.

— Jamyang, demanda Changchub Drolma en changeant de sujet, tu as toujours ton grain de beauté noir sur le cou ? Quand tu es né, ta mère l'a tout de suite remarqué. Il est exactement comme celui que ta grand-mère avait au cou, c'est vraiment étrange.

— Oui, répondit Jamyang, j'ai même l'impression qu'il a grossi.

— C'est parce que tu as grandi, dit Drolkar en riant.

— Jamyang, fais voir ! s'exclamèrent les deux petits.

— Je vous le montrerai ce soir quand on se couchera, répondit Jamyang.

Le soir, au moment de se coucher, il montra son grain de beauté aux deux enfants ; ils réfléchirent un moment, puis demandèrent à leur grand-père :

— Grand-père, c'est vrai qu'il est la réincarnation de grand-mère ?

— Bien sûr, répondit le vieil homme, la question ne se pose même pas.

— Alors, continuèrent les deux gamins, si notre grand frère est la réincarnation de grand-mère, nous, on est la réincarnation de qui ?

— Vous, répondit le vieil homme avec un sourire amusé, on ne sait pas trop de qui vous êtes la réincarnation, mais ce qui est sûr, c'est que vous êtes celle d'un être dans les six sphères de réincarnation.

— Alors moi, dit le plus jeune, je veux être ta réincarnation, comme ça tu seras aussi gentil avec moi qu'avec Jamyang.

— Mais je ne suis pas encore mort, répliqua le grand-père en écarquillant les yeux, qui peut savoir en quoi je vais me réincarner ?

Les deux enfants le regardèrent sans bien comprendre.

Après avoir pris le petit-déjeuner, ils partirent au monastère.

Une fois arrivés, ils allumèrent des lampes à beurre, puis se prosternèrent, mains jointes, devant le Bouddha, Après avoir récité plusieurs fois son mantra, le vieil homme continua de prier, les yeux fermés. Au bout d'un moment, il dit aux trois enfants :

— Vous pouvez prier, vous aussi.

Alors les trois enfants fermèrent les yeux comme

lui, puis ils les rouvrirent pour regarder ce qu'il faisait. Le vieil homme se mit à se prosterner en heurtant le sol de sa tête. Alors ils firent comme lui, en s'appliquant à frapper si violemment le plancher de leur front qu'on entendait le bois résonner chaque fois : *dong dong !*

Quand ils sortirent du monastère, le soleil était déjà haut. Les deux petits demandèrent à leur grand-père :

— Dis, qu'est-ce que tu as fait comme prière ?

— Ah, dit le vieil homme en souriant, j'ai dit à votre grand-mère que Jamyang était venu allumer pour elle une lampe à beurre et qu'elle n'avait donc plus à se faire de soucis.

— Et nous alors, s'écrièrent-ils, tu ne lui as pas dit que nous aussi, on avait allumé pour elle une lampe à beurre ?

— Mais si, répondit le vieil homme en éclatant de rire, je lui ai dit, regarde, tes deux petits-enfants sont venus allumer pour toi une lampe à beurre.

Ils se mirent à rire joyeusement. Puis, soudain, ils demandèrent encore :

— Cette prière, tu crois que grand-mère a pu l'entendre ?

— Bien sûr, dit le vieil homme, il suffit de lui parler dans votre cœur, elle vous entend.

— Ah… dirent les petits.

— Et vous, leur demanda le vieil homme, qu'est-ce que vous avez fait comme prière ?

— Jamyang n'a qu'à le dire d'abord, répondirent-ils en regardant leur frère.

— En fait, déclara celui-ci, je n'ai pas dit grand-chose, juste que j'étais au collège et que je travaillais bien, que j'avais de bonnes notes et que grand-mère pouvait être tranquille.

Le grand-père se tourna vers le plus petit des trois frères :

— Moi, dit le petit, je lui ai demandé de rappeler à papa qu'il a promis de nous acheter des ballons.

Le grand-père le regarda d'un air ébahi.

— Et toi ? demanda-t-il au deuxième frère

— Ben, répondit celui-ci après avoir réfléchi, moi j'ai dit pareil.

Le vieil homme les morigéna :

— Vous êtes des bons à rien, si j'avais su, je ne vous aurais pas emmenés.

Sur le chemin du retour, Jamyang lui demanda :

— Grand-père, je suis vraiment la réincarnation de grand-mère ?

— Bien sûr, répondit le vieil homme en le regardant droit dans les yeux, tu as encore besoin de le demander ? Quand ta mère t'a mis au monde, j'ai vu que tu avais au cou exactement le même grain de beauté noir que ta grand-mère, au même endroit, alors j'ai su tout de suite que tu étais sa réincarnation. Et plus tard, quand on a pratiqué les rituels pour elle, le lama Dondrup me l'a confirmé.

— Mais comment se fait-il que je ne le savais pas ? demanda encore Jamyang.

— Tu l'aurais compris en grandissant, dit le

grand-père. Alors que tu savais à peine parler, tu évoquais souvent des choses qui étaient arrivées à ta grand-mère avant ta naissance.

— Et comment se fait-il que je ne m'en souvienne pas ? s'étonna Jamyang.

— Plus on grandit, expliqua le vieil homme, plus on perd ses capacités à se souvenir de ses vies antérieures.

Alors que Drolkar était en train de bavarder avec sa sœur sur le *kang*, celle-ci remarqua par hasard sous l'oreiller le préservatif que Drolkar avait rapporté du dispensaire. Elle le saisit avec curiosité et demanda à sa sœur :

— Qu'est-ce que c'est ?

— Donne-moi ça, répliqua en riant Drolkar en le lui arrachant des mains.

— Dis-moi, reprit avec curiosité Changchub Drolma, c'est quoi ?

Drolkar eut un rire ambigu mais ne répondit rien.

— Allez, dis-moi ce que c'est, insista Changchub Drolma.

Alors Drolkar se redressa et murmura quelques mots à l'oreille de sa sœur. Celle-ci, d'un air honteux, se détourna instantanément de sa sœur en lâchant un « Pouah » de dégoût sans plus oser la regarder en face. Drolkar remit vite le préservatif sous l'oreiller. Et comme Changchub Drolma restait comme sidérée à regarder l'oreiller, elle se leva et sortit.

Quand Jamyang fut de retour, il partit avec Changchub Drolma au village quêter de maison en maison. Les villageois étaient tous désireux d'apporter leur contribution aux travaux de restauration du hall d'assemblée du monastère, chacun selon ses moyens, en argent ou en nature. Changchub Drolma ne s'y attendait pas et, tout étonnée, elle dit à Jamyang :

— Je n'aurais jamais pensé que les gens du village aient encore autant de foi, cela n'a pas tellement changé.

A leur retour à la maison, Jamyang vit que son père et son grand-père étaient occupés dans l'enclos à moutons et il alla les aider. Quand Changchub Drolma fut entrée dans la maison, Dargye amena le bélier du Xinjiang dans l'enclos. Les brebis s'agitèrent, comme prises de frayeur. A leur vue, le bélier devint tout excité. Une brebis plus hardie que les autres prit l'initiative de venir prudemment le renifler de près, mais s'enfuit paniquée aussitôt fait.

Avisant la brebis attachée sur le côté qui était spécialement nourrie pour être vendue, le bélier poussa un bêlement sonore. La brebis effarée n'osait pas le regarder.

A ce moment-là, Dargye retint le bélier en lui disant :

— Pas la peine de t'occuper de celle-là, tu gaspillerais ton énergie, il vaut mieux que tu la dépenses à bon escient.

Le grand-père partit d'un grand éclat de rire en regardant le bélier.

Jamyang, de son côté, regardait alternativement d'un air intrigué la brebis attachée à son piquet, le bélier qui tremblait d'impatience, et la tête de son père et de son grand-père.

— On le lâche maintenant ? demanda Dargye à son père.

— Attends encore un peu, lui dit son père.

Le bélier qui attendait paraissait de plus en plus excité. Il semblait vouloir arracher la corde qui l'attachait et se précipiter sur le troupeau. Finalement, le grand-père enleva le tissu rouge qui lui couvrait les testicules et le garda à la main en l'examinant : il était maculé du sperme de l'animal. Alors le vieil homme dit à son fils :

— Vas-y, tu peux le détacher.

Dargye avait à peine délié la corde que le bélier s'en dégagea violemment et se rua sur les brebis. Ebahis, Dargye, son père et Jamyang le virent foncer sur le troupeau et s'approcher de quelques brebis pour leur renifler le derrière. Il en choisit finalement une et se mit à la poursuivre tout autour de l'enclos, essayant plusieurs fois de la monter, mais sans succès. Il réussit finalement à caler ses pattes de devant sur son dos, comme un combattant maîtrisant l'ennemi après l'offensive.

Les trois compères étaient bouche bée ; d'abord très sérieux, ils finirent par arborer une mine réjouie.

Les deux petits qui étaient restés à la maison avaient grimpé sur le rebord de la fenêtre et se penchaient pour regarder le bélier monter la brebis. Le plus petit dit à son frère :

— Regarde ! Le bélier du Xinjiang a réussi à monter cette brebis.

Drolkar était en train de préparer le repas avec Changchub Drolma ; entendant l'exclamation du petit, elle alla voir et leur dit :

— Hé, les enfants ne sont pas supposés regarder ça.

Mais aucun des deux ne bougea. Drolkar les attrapa par les oreilles et les emmena dans la cuisine en leur ordonnant de l'aider à mettre du petit bois dans le feu. Au bout d'un moment, le plus petit demanda :

— Maman, c'est pour quoi faire que papa et grand-père ont lâché le bélier du Xinjiang dans notre troupeau ?

— Les petits enfants ne sont pas supposés savoir ça, répondit Drolkar en regardant sa sœur en riant.

La jeune nonne se mit à rire elle aussi.

Après avoir réussi deux ou trois saillies, cependant, le bélier perdit de son ardeur et cessa de s'intéresser aux brebis ; il avait l'air épuisé. Il fit encore quelques tentatives d'approche, en renifla une ou deux, les poussa légèrement de la tête, mais le cœur n'y était plus.

Les deux enfants s'étaient à nouveau faufilés sur le rebord de la fenêtre et regardaient dehors.

— Il a l'air rudement fatigué, le bélier du Xinjiang, dit l'un, on dirait qu'il n'a plus de forces.

Drolkar les attrapa de nouveau par l'oreille et leur dit d'aller jouer sur le *kang*. Ils y allèrent docilement, mais en jouant, l'aîné tomba par hasard sur le préservatif caché sous l'oreiller. Ravi de l'aubaine, il le montra en catimini à son frère. Le petit, l'ayant aperçu, regarda instinctivement du côté de sa mère et de Changchub Drolma occupées près du fourneau. Surprenant son regard, Drolkar lui demanda :

— Qu'est-ce que vous êtes encore en train de faire comme bêtise, tous les deux ?

— Rien, répondirent-ils en chœur, en échangeant un clin d'œil tandis que l'aîné fourrait vite le préservatif dans sa poche. Puis ils se redressèrent et descendirent du *kang*.

— Où allez-vous ? leur demanda Drolkar en les voyant sortir.

— On va jouer, répondirent-ils d'une seule voix.

En sortant, ils virent leur père attraper le bélier en demandant à Jamyang d'attraper aussi une brebis. Celle-ci avait l'air terrifiée. Dargye tenta d'approcher d'elle le bélier, aidé par son père. Le bélier résistait, mais ils finirent par réussir à le traîner à proximité de la brebis. Alors Dargye, son père et Jamyang tentèrent de lui faire monter la brebis terrifiée. Finalement, ils la relâchèrent et la brebis épouvantée s'enfuit à toute allure rejoindre le troupeau, d'où elle tourna la tête pour jeter un coup d'œil sur le bélier et les trois hommes.

Dargye demanda à Jamyang d'aller lui chercher une autre brebis. Elles étaient toutes terrorisées et couraient dans tous les sens, si bien que Jamyang avait beau les poursuivre dans l'enclos, il ne réussit à en attraper aucune. Un peu énervé, Dargye passa la corde du bélier à son père pour aller aider son fils. S'étant approché tout doucement d'une brebis par-derrière, Jamyang tendit soudain la main et parvint à la saisir par une patte arrière, mais, ce faisant, il perdit l'équilibre et tomba ; la brebis lui envoya un coup de sabot et s'enfuit.

Furieux, Dargye courut au-devant de la brebis pour l'arrêter et cria à Jamyang étalé par terre :

— Dépêche-toi de te relever et attrape-la !

Jamyang se redressa lentement, comme sonné, mais agrippa au passage la brebis par une patte de derrière.

— Tiens-la bien, lui dit Dargye qui le regardait faire en riant, ne la laisse pas filer à nouveau. Il reste encore quelques brebis ; il faut qu'on en termine cet après-midi avant d'aller rendre le bélier car on n'aura plus l'occasion de le reprendre.

Il aida Jamyang à tirer la brebis qu'il avait attrapée tout près du bélier et ils s'efforcèrent d'inciter l'animal à la monter.

Les deux enfants regardaient tout cela de loin quand Dargye les remarqua. Il leur cria :

— Qu'est-ce que vous regardez ? Déguerpissez et allez jouer.

Les deux enfants disparurent sans qu'il ait à le leur répéter.

Dargye avait l'air épuisé.

— On y est presque, dit-il à son père, aujourd'hui il faut que j'aille rendre le bélier, il était convenu que je le garderais deux jours, pas plus ; quand on conclut un accord, il faut tenir parole. L'année prochaine, j'irai le redemander.

— On a fait le maximum, dit le grand-père en regardant le troupeau, tu peux le rendre, c'est sûr qu'on va avoir de beaux agneaux.

— Tu viendras avec moi, dit Dargye en se tournant vers Jamyang, il faut aussi qu'on emporte une brebis.

Ils partirent après le déjeuner. En chemin, Dargye vit les deux petits sur le bord de la route qui complotaient quelque chose. Il arrêta sa moto et leur demanda :

— Qu'est-ce que vous fabriquez ? On dirait deux voleurs.

Les enfants étaient en train de discuter de ce qu'ils allaient faire du préservatif. Quand ils virent leur père, ils se dépêchèrent de le cacher.

— On fait rien, dirent-ils, on joue.

— Je ne vais pas rentrer tard, leur dit Dargye, en attendant, cet après-midi, allez garder les moutons avec votre grand-père.

— D'accord, se hâtèrent de répondre les deux enfants.

Au moment de repartir, Dargye jeta un coup d'œil derrière lui à Jamyang auquel il avait attaché la brebis :

— Accroche-toi bien pour ne pas tomber, dit-il à son fils.

Le bélier, lui, était coincé entre son ventre et le guidon de la moto ; il n'avait pas l'air très à son aise mais il ne bougeait pas. Peut-être était-il juste épuisé.

Les deux enfants les trouvaient très drôles et se mirent à rire.

— Papa, crièrent-ils, cette fois tu vas en ville ?

— Non, pas encore, répliqua Dargye sans réfléchir, on va rendre ce bélier à son propriétaire, où voulez-vous que je trouve le temps d'aller en ville ?

— Juste au cas où tu irais, rappela le plus petit, n'oublie pas de nous acheter de vrais ballons.

Mais Dargye ne l'entendit pas ; il mit les gaz et démarra sans plus attendre.

Quand le bruit de la moto eut totalement disparu dans le lointain, l'aîné des deux frères sortit le préservatif de sa poche et demanda à son frère :

— Alors ce truc, qu'est-ce qu'on en fait ?

— Le jour où on les a gonflés pour en faire des ballons, répondit le petit, tu te rappelles comme Dorje en avait envie ? Il voulait nous donner son sifflet en échange. On devrait aller lui demander s'il a toujours envie de faire l'échange.

— Super, s'écria l'aîné, excellente idée, allons-y.

Arrivés au seuil de la maison, comme la porte d'entrée était grande ouverte, ils crièrent : « Dorje, Dorje ! »

Le chien attaché à la porte se dressa soudain sur ses pattes et tira sur sa chaîne en aboyant furieusement.

En voyant le chien, l'aîné des deux enfants eut un peu peur.

— Il ne pourrait pas casser sa chaîne et nous foncer dessus ? demanda-t-il.

— S'il nous fonce dessus, répondit son frère, on partira en courant.

— Mais s'il nous poursuit, tu crois que tu peux courir plus vite que lui ?

— T'en fais pas, répliqua le petit, Dorje va arriver, on va vite échanger notre truc et on repartira aussitôt.

Et il se remit à hurler : « Dorje, Dorje ! »

Un enfant à peu près de leur âge finit par sortir de la maison.

— Qu'est-ce que vous faites là ? s'étonna-t-il.

— T'as encore ton sifflet ? demanda aussitôt l'aîné des deux frères.

— Oui, pourquoi ? répliqua Dorje en sortant son sifflet de sa poche et en sifflant pour leur montrer.

— L'autre jour, dit le plus jeune, tu voulais l'échanger contre nos ballons.

— Quels ballons ?

— Ça, répliqua l'aîné en sortant le préservatif de sa poche.

L'autre prit le préservatif et l'examina attentivement.

— C'est quoi, ce truc ? demanda-t-il, ça n'a rien à voir avec un ballon !

— Mais si, dit le plus jeune, il suffit de le gonfler, ça fait un ballon.

— Alors vas-y, dit Dorje, gonfle-le, pour voir.

L'enfant ouvrit la pochette du préservatif et se mit à souffler. Et plus il soufflait, plus le préservatif prenait exactement la forme d'un ballon.

— Mais c'est vrai, s'exclama Dorje en riant, c'est vraiment un ballon !

Les deux frères sourirent avec un rien de fierté et lui demandèrent :

— Alors, tu échanges ?

— D'accord, répondit l'autre sans barguigner en tendant son sifflet aux deux frères qui lui donnèrent le ballon en échange.

— Et pas question de regretter, hein ! lui dirent-ils.

— Pas de problème, répliqua Dorje qui rentra chez lui en brandissant son ballon.

— Bon, on y va, dirent les deux frères qui partirent en courant, et ils sifflèrent tout le long du chemin.

L'ami de Dargye fut très content de recevoir la brebis en cadeau pour le prêt du bélier du Xinjiang. Dargye, de son côté, le remercia vivement, en louant les qualités de cet animal si puissant, si formidable. Son ami se rengorgea en entendant les éloges enthousiastes et sans détours qui lui étaient prodigués, comme s'ils le concernaient personnellement. Après quoi ils arrosèrent généreusement l'affaire, si bien qu'à la fin ils étaient légèrement ivres.

Soudain retentit la sonnerie du téléphone de Dargye, qui demanda à Jamyang de prendre l'appel. Jamyang écouta, les yeux dans le vague, sans rien dire.

— C'est qui ? demanda Dargye.

Jamyang ouvrit la bouche pour répondre, mais sans prononcer un mot.

L'ami de Dargye le fixa, intrigué, en voyant la tête qu'il faisait.

— Allez, dis, que se passe-t-il ? demanda Dargye en donnant une bourrade à Jamyang.

C'est seulement alors que Jamyang balbutia :

— Grand-père est mort ; cet après-midi, il est tombé dans la montagne en gardant les moutons et il est mort.

Dargye sembla recouvrer tous ses esprits.

— Quoi ? s'exclama-t-il.

— Grand-père est mort, répéta Jamyang.

Dargye et Jamyang repartirent à toute vitesse, mais quand ils arrivèrent chez eux, la nuit tombait déjà ; quelques moines récitaient des mantras pour le défunt, des amis et des proches psalmodiaient le mantra des six syllabes, l'atmosphère était sombre. Dargye n'arrivait pas vraiment à croire à cette mort si soudaine et son visage affichait une expression de stupeur. Il ne salua personne et se précipita tout de suite auprès de son père. La pièce était dans la pénombre ; sur une petite table carrée posée sur le *kang* brûlait une lampe à beurre qui menaçait de s'éteindre d'un instant à l'autre. Dargye s'assit au bord du *kang* en regardant la lampe dont la flamme vacillait et se mit à pleurer.

Après les funérailles, il se rendit au monastère avec Jamyang. Il fit de généreuses offrandes au *tulku* et lui demanda d'aider l'âme de son père à trouver la paix. Le *tulku* psalmodia quelques mantras, les yeux fermés, puis les rouvrit et lui dit qu'ils pouvaient rentrer chez eux. Dargye sembla hésiter un instant, avant de se décider à demander :

— Rinpoché, où la conscience de mon père va-t-elle se réincarner ?

— De quel signe ton père était-il ? demanda le *tulku.*

— Du signe du Cheval, répondit Dargye.

Le *tulku* referma les yeux, en égrenant une à une les perles de son bracelet de prière. Agenouillés devant lui, Dargye et Jamyang regardaient silencieusement les changements d'expression qui affleuraient sur son visage. Au bout d'un moment, le *tulku* ouvrit les yeux et leur dit :

— Le vieil homme va se réincarner dans votre famille.

Dargye semblait tomber des nues. Le *tulku* ajouta :

— Ce sera l'année prochaine.

Dargye eut l'air encore plus sidéré. Le *tulku* prit un morceau de papier, y nota les noms de quelques prières et le lui donna en lui recommandant, une fois rentré, d'aller voir des moines pour leur demander de réciter ces prières.

— Rentre chez toi, ajouta-t-il, ton père sera bientôt de retour.

L'air encore plus perplexe, Dargye fit mine de vouloir demander encore autre chose, mais finalement ne dit rien.

Le soir, il rapporta à Drolkar les paroles du *tulku.*

— Ce n'est pas possible, répliqua-t-elle, nos trois enfants sont encore jeunes et il n'y a pas d'autre femme dans la famille, alors comment cela se pourrait-il ?

— C'est bien ce que je pense, moi aussi, dit Dargye, mais c'est ce qu'a dit le *tulku.*

— Tu ne lui as pas expliqué ? demanda Drolkar.

— Comment voulais-tu que je fasse ? rétorqua Dargye. Je ne pouvais quand même pas lui répondre que ce qu'il disait était totalement impossible.

Drolkar se tut.

Le lendemain matin, Dargye alla rendre diverses choses qu'on lui avait prêtées pour les funérailles. Au retour, il trouva Drolkar assise sur le seuil de la maison, l'air songeuse.

— A quoi tu penses ? lui demanda-t-il.

Drolkar le regarda comme si elle allait lui répondre, mais ne dit rien.

— Qu'est-ce qui t'arrive ? insista Dargye.

Drolkar laissa passer encore un bon moment avant de répondre :

— J'ai quelque chose à te dire.

— Quoi donc ? demanda Dargye.

— Ce mois-ci je n'ai pas eu mes règles.

— Quoi ? s'exclama Dargye. Qu'est-ce que ça veut dire ?

— Je vais aller voir la doctoresse, dit Drolkar.

En voyant arriver Drolkar au dispensaire, Sonam Tashi dit en riant à Chotsok :

— Bon, je vous laisse, je vais fumer une cigarette.

La doctoresse rit elle aussi et fit asseoir Drolkar.

Celle-ci avait l'air bizarre et tordait la bouche en regardant la doctoresse.

— Qu'est-ce qui ne va pas, lui demanda celle-ci, tu es revenue chercher des trucs ? Je n'en ai pas encore reçu.

— Non, ce n'est pas pour ça, dit Drolkar.

— Alors c'est pour quoi ?

— Ce mois-ci, je n'ai pas eu mes règles.

— C'est pas possible ! s'exclama la doctoresse, soudain sérieuse.

— Si, c'est vrai, répliqua Drolkar.

— Bon, je vais t'examiner, dit la doctoresse, on va être fixées.

Elle tendit à Drolkar un test et lui dit :

— Tiens, tu vas le faire toi-même, tu sais comment ça marche ?

— Non, dit Drolkar.

La doctoresse lui expliqua la procédure et Drolkar alla s'enfermer dans les toilettes. Quand elle ressortit, elle tendit le test à la doctoresse qui lui dit après y avoir jeté un coup d'œil :

— Tu es enceinte.

Drolkar restait muette, absorbée dans ses pensées.

— Et maintenant, demanda la doctoresse, qu'est-ce qu'on va faire ?

— Je n'en sais rien, répondit Drolkar.

— Comment ça, tu n'en sais rien ? Il faut que tu avortes. Et plus tôt ce sera, moins ce sera pénible pour toi. On peut le faire aujourd'hui même.

Drolkar ne répondit rien. Alors la doctoresse tenta de lui faire entendre raison.

— Tu as déjà trois enfants, pourquoi en avoir encore un autre ? Nous, les femmes tibétaines, nous ne sommes pas venues en ce monde simplement pour donner des enfants aux hommes. Autrefois, une femme avait cinq ou six, voire sept ou huit enfants. C'était si dur ! Et pourquoi donc ? Regarde, aujourd'hui, j'ai un seul enfant et je ne m'en porte pas plus mal. Je suis tranquille, je touche une allocation, et en plus je peux offrir une bonne éducation à mon fils.

Drolkar ne disait toujours rien.

— Mais parle, enfin ! s'énerva la doctoresse.

— Il faut que j'en discute avec Dargye, répondit timidement Drolkar.

Elle partit précipitamment ; derrière elle, la doctoresse lui cria encore :

— Drolkar, réfléchis bien, il faudra en plus que tu paies une amende !

Quand elle arriva, Dargye coupait du bois devant la porte. Elle s'immobilisa à côté de lui. Dargye s'arrêta de couper du bois et la regarda. Comme elle se taisait, il lui demanda :

— Alors, qu'est-ce qu'elle a dit, la doctoresse ?

— Elle a dit que j'étais enceinte, répondit Drolkar.

Cette fois, c'est Dargye qui resta silencieux, comme plongé dans ses pensées.

Drolkar entra dans la maison et, voyant sa sœur assise auprès du feu, elle alla s'asseoir à côté d'elle. Changchub Drolma lui jeta un coup d'œil et lui demanda :

— Qu'est-ce qui t'arrive ?

— Je suis enceinte, répondit Drolkar après un moment de réflexion.

— Donc la prédiction du *tulku* était juste, s'écria Changchub Drolma avec un rien de ferveur, un *tulku* est un *tulku*, il a le pouvoir de voir le présent et l'avenir, ce qui est pour nous autres, êtres ordinaires, tout à fait inimaginable. C'est pécher que d'en douter.

— Ah, c'est ce que tu penses ? dit Drolkar en regardant sa petite sœur la nonne avec des yeux écarquillés.

— Mais bien sûr, rétorqua Changchub Drolma sans hésiter, sinon, pourquoi serais-tu tombée enceinte précisément maintenant ?

Drolkar sentait son corps comme paralysé. Il lui fallut un moment avant de retrouver la parole :

— La doctoresse m'a suggéré d'avorter.

— Quoi ! s'exclama Changchub Drolma d'un air sidéré. Mais enfin, si la conscience du défunt choisit un corps pour se réincarner, lui refuser de pouvoir le faire est vraiment trop cruel ; et devenir le corps qui va accueillir la conscience du défunt lors de sa réincarnation suffit pour vous valoir mille ans de mérites !

Le soir au dîner, Dargye, lui aussi, déclara soudain avec un soupir :

— Le *tulku* est quand même formidable !

Les deux enfants comprirent vaguement ce dont il était question et s'écrièrent :

— Alors ça veut dire que grand-père va très vite revenir à la maison !

Dargye hocha la tête et les deux enfants en profitèrent pour lui rappeler sa promesse :

— Papa, n'oublie pas de nous acheter des ballons de couleur à tous les deux, tu l'as promis devant grand-père. Si tu ne le fais pas, il le verra de là-haut.

Dargye eut l'air un peu effrayé et se hâta de dire :

— Mais bien sûr que je vais vous en acheter.

Jamyang les regardait sans mot dire.

Le lendemain, tout le village était au courant.

Changchub Drolma partit quêter et, quand elle revint, elle trouva sa sœur assise toute seule sur un banc dans la cour sans bouger.

— Tu es encore en train de penser à ça ?

Drolkar ne répondit rien. Elle prit une cuvette pleine d'eau pour aller la donner à la brebis attachée à l'extérieur de l'enclos. Bien nourrie, la vieille brebis était en train d'engraisser. Quand elle vit Drolkar approcher avec la cuvette, elle se précipita pour boire. Drolkar posa la cuvette devant elle et la brebis la vida aussitôt. L'air encore assoiffée, elle continuait de regarder Drolkar, mais celle-ci ne lui accordait pas la moindre attention.

Le soir, Dargye et Drolkar étaient allongés en silence sur le *kang*, l'un l'air plutôt content, l'autre plongée dans ses pensées. Tout en jetant un bref coup d'œil à Drolkar, Dargye alluma une cigarette. Quand il l'eut finie, Drolkar s'assit et lui dit :

— Je pense que je vais me faire avorter.

Dargye se redressa d'un bond et la regarda comme s'il n'arrivait pas à croire que sa femme ait pu dire une chose pareille. Un moment s'écoula avant qu'il demande :

— Qu'est-ce que tu viens de dire ?

— Je pense que je vais me faire avorter, répéta Drolkar, toujours aussi imperturbable.

— Espèce de monstre, hurla Dargye hors de lui, tu n'as aucune conscience ! Le grand-père était si bon pour toi, et tu lui refuses la possibilité de se réincarner dans sa famille ?

— Ce n'est pas ce que je veux, répondit Drolkar, mais…

— Mais quoi ? coupa Dargye.

— Je pense à notre famille, répliqua Drolkar.

Dargye la gifla et lui demanda :

— Et si l'enfant que tu portes était la réincarnation d'un de tes parents, tu dirais la même chose ?

Drolkar éclata en sanglots. Elle pleurait de plus en plus fort et semblait ne plus pouvoir s'arrêter.

Après le petit-déjeuner, Jamyang proposa d'aller garder les moutons, mais Dargye lui répondit qu'il valait mieux que ce soit lui qui s'en charge car ils venaient juste de terminer la reproduction et il fallait prendre un soin particulier des brebis en s'assurant qu'elles mangent tout leur soûl pour avoir de beaux agneaux l'année prochaine.

Il s'apprêtait à sortir quand il se retourna vers Jamyang en pensant soudain à quelque chose qu'il avait oublié de lui dire :

— Prends bien soin de la vieille brebis : quand tu

retourneras à l'école, c'est sa vente qui payera tes frais de scolarité et de pension.

Sur ces paroles il sortit.

Jamyang prépara la pâtée et alla nourrir la vieille brebis qui le regarda approcher avec la nourriture d'un air réjoui. Jamyang posa la bassine devant elle et la regarda manger. La brebis mangeait allègrement, avec insouciance ; Jamyang, lui, pensait en la voyant qu'ils allaient bientôt l'emmener chez le boucher pour payer le collège. Attristé, il s'apprêtait à se relever pour rentrer dans la maison quand Changchub Drolma en sortit. Voyant Jamyang, elle lui dit :

— Hier, je suis allée quêter mais on ne m'a rien donné. Il y a quelques familles qui ne m'ont pas encore donné leur offrande.

— Tu veux que je vienne t'aider ? demanda Jamyang en se levant.

— Non, ce n'est pas la peine, répondit Changchub Drolma, ne t'en fais pas, ce ne sont que deux ou trois familles, je peux me débrouiller toute seule.

Après le petit-déjeuner, Jamyang avait l'air sombre.

— Maman, demanda-t-il soudain à Drolkar, est-ce que tu vas garder le bébé que tu portes ? Grand-père a toujours été très bon pour moi, je voudrais bien qu'il revienne dans la famille.

Drolkar le regarda d'un air effrayé.

Alors qu'il gardait son troupeau dans la montagne, Dargye rencontra par hasard le vieux Gompo qui gardait le sien.

— Tu auras bientôt terminé les quarante-neuf jours[1] ? demanda-t-il à Dargye.

— Oui, ce sera terminé dans deux jours.

— Ton père a vraiment de la chance d'avoir un fils comme toi, dit le vieil homme.

Du vivant du père de Dargye, le vieux Gompo et lui étaient de bons amis, c'est pourquoi Dargye éprouvait un sentiment de tristesse en voyant le vieil homme.

— En fait, dit-il, je me sens coupable, je ne me suis pas bien occupé de lui.

— Tu étais très attentionné envers lui, répondit le vieil homme, si ton père a choisi de se réincarner dans votre famille, cela montre bien qu'il l'a quittée à regret, sinon il ne s'y réincarnerait pas.

— Mon père avait dit avant sa mort qu'il voulait se réincarner dans notre famille.

— Vous pouvez vous estimer heureux, on n'a pas souvent cette chance. Mais j'ai entendu dire que ta femme, Drolkar, ne voulait pas garder cet enfant, c'est vrai ?

— Mais non, mais non, s'empressa de réfuter Dargye, les gens du village racontent n'importe quoi.

— Bon, conclut le vieil homme, si ce n'est pas vrai, alors tant mieux.

1. C'est la période traditionnelle pendant laquelle la famille d'un défunt doit faire réciter des prières pour sa réincarnation : elles sont récitées tous les sept jours pendant quarante-neuf jours. Dans le bouddhisme Mahayana, il s'agit d'une période transitoire entre la mort et la réincarnation, pendant laquelle il est donc important de faire dire des prières au cours de cérémonies qui seront décisives pour assurer une bonne réincarnation.

Une fois les quarante-neuf jours passés, ce fut la cérémonie de fin des funérailles.

Des moines vinrent réciter des prières toute la journée. Ils venaient de partir quand il y eut soudain une coupure d'électricité ; dans la maison, il faisait noir comme dans un four, on n'y voyait rien, on entendait juste les respirations de chacun. Alors retentit dans le noir la voix de la petite nonne Changchub Drolma :

— Demain, je vais emmener ma sœur dans la montagne pour quelque temps.

Sa voix semblait venir d'un autre monde.

Dans le noir, il n'y eut aucun écho, c'était un silence total ; on n'entendait même plus le bruit des respirations.

Le lendemain matin, le jour était à peine levé quand Changchub Drolma partit avec Drolkar.

Avant leur départ, Dargye, Jamyang et les deux enfants se levèrent pour leur dire au revoir.

Au dernier moment, Drolkar se tourna vers Jamyang et lui dit doucement :

— Travaille bien à l'école et ne t'en fais pas pour maman, tout va bien.

Jamyang opina vigoureusement de la tête.

Quelques jours plus tard, c'était la rentrée ; Jamyang retourna au collège. Dargye l'emmena en ville avec les deux petits frères et la brebis. Quand ils arrivèrent sur la place du marché aux bestiaux, ils furent aussitôt entourés par les marchands de moutons ; après avoir soigneusement pesé la brebis, ceux-ci l'examinèrent de pied en cap, lui tâtant la colonne vertébrale et lui ouvrant la bouche pour en scruter l'intérieur. Jamyang était mal à l'aise mais Dargye restait à côté sans broncher. Finalement, les marchands se mirent à discuter du prix. Mais Dargye resta imperturbable, sans céder sur le prix qu'il avait annoncé, si bien qu'en fin de compte il l'emporta et le marché fut conclu. Les marchands n'avaient pas l'air très contents et, quand ils lui versèrent l'argent, ce fut avec réticence. Puis ils partirent en traînant l'animal. Cette vieille brebis, Jamyang la connaissait depuis qu'il était tout petit et quand il vit les marchands l'emmener ainsi, la pensée lui vint qu'ils allaient bientôt l'abattre, la dépecer pour vendre la peau, et qu'elle finirait dans l'assiette de quelqu'un. Il sentit son cœur se serrer.

Dargye compta l'argent, le fourra dans sa poche et, après avoir jeté un dernier regard à la brebis, il partit en emmenant Jamyang.

Arrivé à la porte du collège, il ressortit l'argent de sa poche et préleva quelques billets de cent yuans pour les donner à Jamyang en disant :

— Vas-y, moi je n'entre pas.

— Papa, déclara Jamyang après un instant d'hésitation, je veux rentrer avec toi, je n'ai pas envie d'aller au collège.

— Tu dis n'importe quoi, rétorqua Dargye en le fixant droit dans les yeux, si tu continues, tu vas me mettre en colère.

Jamyang ne répondit rien, mais il avait l'air terriblement triste.

— Ne te préoccupe pas des affaires de la famille, lui dit Dargye, tout ce qu'on te demande, c'est de bien travailler à l'école.

Jamyang garda le silence.

Dargye repartit sur sa moto et soudain, en passant, il vit sur le bord de la rue un éventaire de ballons de toutes les couleurs. Il s'arrêta devant l'étal où le marchand criait : « Ballons, ballons à vendre ! »

Dargye les regarda attentivement avant de dire au marchand :

— J'en voudrais deux rouges.

Dans la masse de ses ballons multicolores, le marchand en choisit donc deux rouges et les donna à Dargye, qui les prit en les regardant se balancer d'un air d'enfant émerveillé.

— Fais attention, lui dit le marchand, ils sont gonflés à l'hélium, si tu les lâches, ils vont s'envoler.

— Combien je te dois, pour les deux ? demanda sèchement Dargye.

— C'est trois yuans l'un, répondit le marchand, mais pour deux, je vais te faire un prix. Cinq yuans en tout.

Dargye sortit cinq yuans de sa poche et les tendit au marchand. Puis il attacha au guidon de sa moto les deux ballons qui se mirent aussitôt à voltiger en l'air.

— C'est très beau comme ça, dit le marchand.

Sur le chemin du retour, les deux ballons continuaient de voltiger au-dessus du guidon et le spectacle réjouit Dargye.

A son arrivée, il donna tout de suite les ballons aux deux enfants qui, fous de joie, s'en saisirent et partirent en courant.

Alors qu'ils arrivaient à un endroit dégagé, idéal pour jouer, retentit soudain un *pan!* sonore : l'un des ballons avait éclaté. Les deux enfants se mirent à se disputer celui qui restait et finirent par en venir aux mains. Pendant qu'ils se battaient, ils lâchèrent le ballon qui s'envola aussitôt.

Les deux enfants restèrent bouche bée à regarder le ballon rouge monter dans le ciel, de plus en plus haut, en devenant de plus en plus petit à mesure qu'il montait, jusqu'à finir par disparaître.

UN FOULARD ROUGE

1

Le soleil était déjà haut mais Urgyan était encore en train de lambiner sur le chemin de l'école.

Quand par hasard il arrivait le premier, il s'amusait d'abord un peu tout seul ; quand arrivaient les autres écoliers, il jouait avec eux et quand retentissait enfin la cloche suspendue à l'entrée, ils se précipitaient tous ensemble dans leurs salles respectives telles des abeilles dans une ruche. Sans doute, pendant la classe, restait-il assis sagement sans broncher à écouter le maître parler de ces choses qu'il trouvait si ennuyeuses, même si, parfois, il y en avait aussi d'assez extraordinaires ; mais en même temps, il attendait avec impatience que sonne la cloche qui annoncerait la fin de la classe.

Mais aujourd'hui il était encore en train de lambiner en chemin.

Tous les jours, le petit berger nommé Yangbum qui gardait ses moutons dans le pâturage à côté voyait de loin passer Urgyan sur cette même pente. Bien qu'ayant à peu près le même âge que lui, il le traitait tantôt comme un enfant, et tantôt comme un grand. Ce jour-là, il endossa le rôle du grand, en laissant à Urgyan celui de l'enfant. Comme il le voyait, le cartable sur le dos, musarder dans la poussière soulevée par le vent glacial, il l'interpella du ton d'un adulte morigénant un enfant :

— Hé, gamin, si tu traînes au lieu d'aller à l'école, tu vas voir la correction que le maître va te donner !

Tout content de l'entendre, Urgyan leva la tête et se mit à rire en le voyant.

Le petit berger descendit vers lui avec son troupeau, tout en lui criant sur le même ton d'adulte :

— Hé, gamin, t'as pas entendu ce que je viens de te dire ? Dépêche-toi de filer !

Urgyan continua de rire, et se mit même à rire à gorge déployée.

Le petit berger s'approcha d'un air furieux. Quand il fut tout près, Urgyan vit qu'il tenait un petit agneau dans les bras. Il le regarda avec envie et caressa la tête de l'agneau en disant :

— T'en as de la veine, si seulement je pouvais passer mon temps à garder les moutons sans être obligé d'aller à l'école, qu'est-ce que je serais content !

Le petit berger posa sur lui un regard sérieux et répliqua :

— Tu dis n'importe quoi ; j'ai souvent fait l'école buissonnière, j'étais un cancre, j'ai redoublé plusieurs fois et finalement j'ai arrêté l'école. Mais maintenant, je le regrette.

— Alors, dit Urgyan avec entrain, on n'a qu'à échanger : tu vas à l'école et moi je vais garder tes moutons.

Mais le petit berger le repoussa en disant fermement :

— File à l'école, autrement c'est moi qui vais te flanquer une bonne correction !

Urgyan répliqua en le regardant droit dans les yeux sans bouger :

— Non mais, tu te prends pour qui ? Que j'aille à l'école ou pas, qu'est-ce que ça peut te faire ?

Le petit berger se mit vraiment en colère. Il posa le petit agneau et se mit à donner des coups de pied à Urgyan, puis il attrapa son lance-pierre à sa ceinture et l'en menaça.

Voyant qu'il voulait lui lancer une pierre, Urgyan prit peur et s'enfuit en courant, mais il n'alla pas bien loin et ralentit pour tourner la tête et regarder ce que faisait Yangbum.

L'air furieux, le petit berger mit une pierre dans sa fronde et la brandit au-dessus de sa tête. Urgyan savait que ces frondes sont terribles ; si on est touché, cela fait très mal. Cela suffit à ramener dans le troupeau les moutons espiègles et désobéissants qui s'en éloignent. Urgyan se détourna et repartit en courant.

En le voyant détaler ainsi, le petit berger se mit à rire. Il tourna sa fronde d'un autre côté pour envoyer les pierres qu'il avait en réserve en direction de quelques moutons qui s'étaient égaillés au bord de la pente.

2

Arrivé à l'école, Urgyan resta dehors en se faisant tout petit, sans oser entrer. De l'intérieur lui parvenaient les voix des élèves lisant tout haut. Il pensa que, s'il n'était pas arrivé en retard, sa voix se joindrait à celles qu'il entendait et qu'il trouvait superbes, avec des inflexions semblables à celles des moines psalmodiant des sutras dans le grand hall du monastère. Il se demanda, interloqué, comment il avait pu ne pas le remarquer plus tôt. Il regretta de ne pas être arrivé à temps pour pouvoir mêler sa voix à cette récitation mélodieuse comme une mélopée de moines. Mais ce regret disparut bien vite quand il reprit conscience de sa situation. Une expression très tendue reparut sur son visage.

Après avoir jeté un coup d'œil dans la cour et n'y avoir vu ni maître ni élèves, il s'y glissa furtivement.

Parvenu à la porte de sa classe, comme elle était restée entrouverte, il glissa son visage dans l'entrebâillement pour regarder à l'intérieur. Il vit sa voisine de bureau se rasseoir après avoir terminé de lire sa rédaction et entendit aussitôt après la voix du maître la félicitant :

— Ta rédaction est très bien, c'est la meilleure de la classe. Vous devez tous prendre modèle sur Lhatso.

Tous les regards se tournèrent vers elle avec une lueur d'envie, et elle en fut toute gênée. Retentirent alors les applaudissements de la classe, pendant très longtemps.

Quand ils se furent calmés et que le silence fut revenu dans la classe, le maître demanda à Lhatso :

— Il faut quand même que je te pose une question : comment peux-tu comprendre avec autant de profondeur le monde des aveugles ?

— Ma grand-mère est aveugle, répondit Lhatso timidement, et je vis avec elle depuis que je suis toute petite.

Sur ces paroles, ayant jeté un coup d'œil vers la porte, elle aperçut dans l'entrebâillement la tête d'Urgyan en train de les épier et elle faillit crier, tandis que de son côté, voyant la mine qu'elle faisait, Urgyan faillit en faire autant. Mais elle se retint et ne broncha pas. Profitant de la confusion, Urgyan se précipita en courant vers le portail de l'école sans même tourner la tête. Ce n'est qu'en arrivant à la porte qu'il s'arrêta pour se retourner et jeter un coup d'œil vers sa classe.

Tout était parfaitement calme. Il resta un instant à guetter, puis se dirigea vers un pré non loin de là. Sèche et jaune, l'herbe était courbée sous le vent froid comme sous l'effet d'un accès de déprime.

Au moment où Urgyan arrivait là, il entendit la cloche de l'école annonçant la fin des classes de la matinée. Le son paraissait au bord de l'épuisement, comme si la cloche était frappée par un dormeur plongé dans ses rêves. Urgyan aurait bien aimé courir sonner la cloche plus vaillamment. Le maître lui demandait parfois d'aller le faire, soit pour le début de la classe, soit pour la sortie de l'école ; cela le mettait au comble de la joie et, quand il l'actionnait, la cloche retentissait d'un son très clair. Mais ce jour-là, après avoir sonné un moment sans beaucoup d'entrain, la cloche céda à l'abattement et s'arrêta. On entendit alors les bruits de pas des enfants sortant des classes, tout excités, leurs voix et leurs rires emplissant gaiement le stade et tout l'espace au-dessus du stade, avec une vitalité incontrôlable. Toute cette bruyante agitation emplit aussitôt Urgyan d'enthousiasme et lui donna presque envie de retourner à toutes jambes à l'école, mais il reprit vite conscience de la réalité et alla se cacher dans les herbes sèches, qui étaient tellement hautes par endroits qu'elles le dissimulaient totalement. Une odeur de pourriture venant des racines lui assaillit les narines et le mit mal à l'aise, mais il tint bon et resta à guetter la porte de l'école entre les herbes.

Lhatso sa voisine de bureau sortit de l'école en regardant partout autour d'elle, son foulard rouge flottant légèrement sous le souffle du vent. De sa cachette dans les herbes, Urgyan regardait avec envie ce foulard rouge agité par le vent en pensant que c'était très joli. Il se dit que, s'il étudiait avec assiduité pendant ce trimestre, il pourrait, le trimestre suivant, porter un foulard rouge comme celui de Lhatso. Ainsi, il pourrait tous les jours aller à l'école et en revenir avec elle sans avoir peur d'être la risée des adultes.

Après avoir regardé de tous côtés un bon moment, Lhatso marcha vers l'endroit où était caché Urgyan et lui cria :

— Sors de là, je sais que t'es caché là !

Urgyan resta accroupi dans l'herbe sans se montrer et lui murmura tout bas :

— Tais-toi... Tu veux que le maître m'attrape ?

Sans plus rien dire, Lhatso pénétra dans les herbes en se dirigeant vers l'endroit d'où provenait la voix d'Urgyan et faillit lui heurter le front de la tête, sur quoi elle lui dit tout bas :

— Qu'est-ce que tu fais ici à te cacher au lieu d'aller à l'école ?

— C'est parce que je n'ai pas écrit la rédaction que le maître nous a donnée, répondit Urgyan avec un soupir.

— Et pourquoi ?

— Comment veux-tu que je l'écrive ? Je n'ai aucune idée des sentiments qu'il nous demande de décrire.

— Et moi, alors ? Comment j'ai fait ? Le maître m'a même félicitée.

— Toi, c'est parce que t'as ta grand-mère, alors tu sais ce que c'est.

— Mais les autres ont tous écrit quelque chose, c'est mieux que de ne rien avoir écrit du tout ! Toi aussi, tu peux essayer d'imaginer ce qu'on ressent quand on est aveugle.

— Ah, dit Urgyan avec un sentiment de frustration, si seulement il y avait un aveugle dans ma famille, un grand-père ou une grand-mère, un père ou une mère, un frère ou une sœur, plus jeune ou plus grand, ce serait bien, je pourrais savoir ce qu'ils ressentent, et grâce à cette expérience, je pourrais écrire la rédaction. Seulement voilà, moi je suis orphelin.

— Urgyan, dit Lhatso en le regardant avec tendresse, ne sois pas triste, t'es pour moi comme mon petit frère.

— C'est rien, je disais ça en pensant à la rédaction, répondit Urgyan sur le même ton de frustration.

Alors Lhatso se mit en colère et se leva en le fixant droit dans les yeux :

— Tu crois peut-être que savoir ce que ressent ma grand-mère a été une partie de plaisir ? Pour écrire ce devoir, j'ai dû partager avec elle toute la douleur qu'elle a au fond du cœur.

— Pardon, balbutia Urgyan en la tirant pour la forcer à se rasseoir, ce n'est pas ce que je voulais dire. Mais c'est vrai que je ne sais pas quoi écrire ; à part ta grand-mère, j'ai jamais vu d'aveugle, alors je sais pas ce qu'un aveugle peut bien ressentir.

— Si t'écris pas ce devoir, dit Lhatso, t'auras probablement pas de foulard rouge encore ce trimestre. Tu voudrais pas en avoir un comme moi ?

— Mais si, j'en ai très envie, répondit Urgyan après un silence, seulement…

A ce moment-là, la cloche qui, peu de temps auparavant, semblait entre la vie et la mort, retentit à nouveau.

— Viens, allons vite à l'école, dit Lhatso en prenant Urgyan par la main.

— J'ai pas fait le devoir, j'ose pas y aller, dit Urgyan en dégageant sa main de celle de Lhatso.

— Mais comment vas-tu faire ? demanda-t-elle d'un air inquiet.

Urgyan resta un moment sans rien dire, puis s'écria soudain :

— T'as raison, faut que je fasse moi-même l'expérience de ce qu'on ressent quand on est aveugle, et pour ça, je vais être aveugle pendant une journée, me promener partout comme un aveugle.

Lhatso le regarda avec stupéfaction.

Les yeux fixés sur le foulard rouge qu'elle avait autour du cou, Urgyan demanda :

— Tu pourrais me le prêter une journée ? Je voudrais m'en servir pour me bander les yeux.

Lhatso le regarda avec encore plus de stupéfaction.

— Oui, je peux te le prêter, répondit-elle, mais si t'y vois plus rien, la journée va te paraître terriblement longue.

Urgyan sembla tout à coup devenu un sage à la pensée profonde :

— Les aveugles passent leur vie entière sans rien voir, pourtant les journées ne leur semblent pas interminables.

Lhatso resta un instant silencieuse avant de déclarer :

— Je suis pas sûre que tu tiennes toute une journée.

— Je peux te le promettre, dit Urgyan d'un ton résolu.

— A quoi ça sert, de me le promettre ? rétorqua Lhatso qui n'avait pas l'air convaincue, c'est au Bouddha qu'il faut que tu fasses ta promesse, alors je te croirai.

— Aie confiance en moi, dit Urgyan en souriant, je vais écrire une rédaction dont le maître sera tellement content que je gagnerai le foulard rouge au prochain trimestre.

— J'arrive pas à te croire, dit Lhatso sans le lâcher des yeux.

Oubliant qu'il était caché dans les herbes, Urgyan éclata de rire.

— Très bien, alors j'en fais le vœu au Bouddha.

— Il est où, le Bouddha, ici ?

— Il est dans mon cœur, dit Urgyan gravement.

Et sans attendre de réponse, il ferma les yeux, joignit les mains et prononça :

— Je fais le vœu au Bouddha dans mon cœur de rester aveugle pendant toute une journée.

Puis il ouvrit lentement les yeux et les fixa sur Lhatso :

— Et maintenant, tu me le prêtes, ton foulard rouge ?

Lhatso hésita un instant, puis dénoua son foulard et le donna à Urgyan, qui le prit et se banda aussitôt les yeux.

— T'es vraiment très gentille, dit-il d'un air un peu confus, j'aurais jamais cru que tu me le prêterais.

Les yeux posés sur ceux d'Urgyan cachés sous le foulard, Lhatso se taisait. Mais soudain, elle se leva d'un bond en s'écriant :

— Il faut vite que j'aille en classe !

Urgyan lui cria de loin :

— Lhatso, même si tu dois mentir, fais un mot d'absence pour moi !

Il sortit de sa cachette sans savoir si elle l'avait entendu. Puis, quand le bruit de ses pas eut disparu dans la cour de l'école, il partit d'une allure incertaine dans la direction d'où il était venu.

3

Comme le troupeau du petit berger s'était dispersé sur la pente et qu'une partie des moutons était en train de s'égailler, Yangbum se leva, mit une pierre dans sa fronde et visa ceux qui s'éloignaient. La pierre étant tombée pile devant eux, ils s'arrêtèrent et levèrent la tête en regardant d'où elle venait. Yangbum lança un appel, les moutons le virent au loin, comprirent le message, baissèrent la tête et vinrent rejoindre le troupeau.

Le petit berger aimait bien garder son troupeau de moutons à portée de vue ; il avait ainsi l'esprit en paix quand il les faisait paître. Ne laisse pas les moutons partir trop loin, lui avait recommandé sa mère. Après des jours et des jours dans les pâturages, il trouvait qu'elle avait bien raison.

Alors qu'il s'était rassis en se remémorant les paroles de sa mère, il entendit le faible cri d'un petit agneau. Il se leva d'un bond et courut dans la direction du cri.

Arrivé au milieu du troupeau, il s'écria, tout excité :

— Formidable, un agneau à tête noire !

La brebis venait de terminer de nettoyer le liquide amniotique dont il était enveloppé et regardait le petit agneau bêler faiblement. Yangbum se baissa pour le prendre dans ses bras et lui caressa la tête. Mais la brebis tournait autour de l'agneau qui bêlait dans ses bras, les yeux levés vers lui. Alors Yangbum s'assit en gardant l'agneau contre sa poitrine.

Levant les yeux vers l'horizon, il aperçut Urgyan au loin qui avançait sur le sentier d'une démarche incertaine.

— Hé, gamin, lui cria-t-il, comment ça se fait que tu ne sois toujours pas à l'école ? Pourquoi tu reviens ?

Urgyan continuait d'avancer de son allure hésitante comme s'il n'avait rien entendu.

Le petit berger lui cria encore :

— Si tu ne vas pas à l'école, tu vas voir la raclée que je vais te passer !

Il posa l'agneau à côté de lui, devant la brebis qui attendait avec anxiété, prit sa fronde et la brandit plusieurs fois en la faisant siffler, en pensant faire peur à Urgyan. Mais celui-ci n'eut aucune réaction. Alors il ramassa une motte de terre, en chargea sa fronde, la fit tournoyer plusieurs fois et lança la motte de terre qui tomba pile devant les pieds d'Urgyan en se désagrégeant ; mais celui-ci continua son chemin comme si de rien n'était.

Perplexe, le petit berger attendit qu'il approche. C'est alors seulement qu'il vit qu'il avait les yeux bandés avec un foulard rouge.

Yangbum laissa tomber sa fronde et cria d'une voix forte, volontairement peu amène :

— Il va falloir que je te rosse pour que tu finisses par aller à l'école ?

— Tu peux toujours me rosser, répondit Urgyan en se tournant dans la direction d'où venait la voix, j'irai pas, je vais être aveugle pendant toute la journée.

— Tu t'es vraiment bandé les yeux, on dirait, dit Yangbum tout étonné.

— Oui, c'est Lhatso qui m'a prêté son foulard rouge.

— Approche, dit Yangbum.

Urgyan s'approcha en tâtonnant jusqu'à lui. A mi-chemin, il trébucha et tomba.

Le petit berger s'exclama comme en aparté :

— Mais c'est pourtant vrai, on dirait vraiment qu'il n'y voit rien !

Quand Urgyan arriva à côté de lui, après avoir brandi son poing devant ses yeux sans obtenir de réaction, il lui demanda :

— Pourquoi diable t'es-tu bandé les yeux ?

— C'est pour écrire une rédaction sur les aveugles, répondit doucement Urgyan.

— Comment ça? demanda Yangbum en éclatant de rire.

— C'est le devoir que nous a donné le maître hier, expliqua Urgyan, mais je sais pas quoi écrire parce que j'ai aucune idée de ce qu'on ressent quand on est aveugle. Tu le sais, toi?

— Non, répondit Yangbum en secouant la tête, si on voit rien, peut-être que tout est noir comme du cirage.

— Evidemment, puisque les aveugles ne voient rien, mais tu sais ce qu'ils ressentent vraiment, au fond d'eux-mêmes?

— Je suis pas aveugle, comment veux-tu que je sache?

— C'est justement pour ça que je veux rester toute une journée les yeux bandés, sans rien voir.

— Je suis sûr que tu ne tiendras pas toute la journée.

— Bien sûr que si, et si tu me crois pas, on peut parier.

— D'accord, s'écria Yangbum avec enthousiasme, on parie quoi?

— En fait, dit Urgyan après avoir réfléchi, on n'a pas besoin de parier, simplement, après, tu arrêteras de me traiter de gamin.

— Ha ha, gamin, rétorqua Yangbum en riant, je pensais pas que ça te gênait.

— Regarde, dit Urgyan furieux, tu recommences déjà. Mais t'as que deux ans de plus que moi!

— T'es encore à l'école, alors t'es un enfant.

— Alors, à t'entendre, si on va plus à l'école, on est grand ?

— Ben oui, déclara Yangbum avec assurance, si on va plus à l'école, on n'est plus un enfant, c'est pour ça que moi, je suis un grand.

— Mais alors, tu fais quoi de ceux qui vont à l'université ?

— Je parle seulement des enfants qui vont à l'école, répondit Yangbum après un instant d'hésitation.

— C'est vraiment une idée bizarre, mais je suis prêt à l'admettre si, après avoir perdu, tu arrêtes de m'appeler gamin, conclut Urgyan bon gré mal gré.

Yangbum saisit la main d'Urgyan et lui dit en la serrant très fort :

— Tope là.

4

Le soleil était très haut. Yangbum trouvait qu'avec ses yeux bandés Urgyan n'était pas très drôle, alors il lui demanda pour le taquiner :

— Tu l'aimes bien, cette fille ?

Urgyan rougit un peu mais ne répondit rien. Alors Yangbum insista en riant :

— Je sais bien que tu en pinces pour cette Lhatso qui est à l'école avec toi.

Cette fois, le visage d'Urgyan s'empourpra et il balbutia :

— Tu dis n'importe quoi.

Le voyant tout rouge, le petit berger continua malicieusement :

— Je vous vois souvent sortir de l'école ensemble.

— On a le même bureau dans la classe, expliqua Urgyan, toujours écarlate.

— Je trouve que t'as raison, elle est vraiment très jolie, énonça Yangbum sur le même ton roublard.

— Elle travaille très bien, c'est la première de la classe, dit Urgyan, encore plus tendu.

— Elle est jolie, et en plus elle travaille bien, continua Yangbum, que demander de plus, t'as bien raison.

— Ce foulard rouge, ajouta Urgyan qui avait retrouvé un visage normal, c'est elle qui me l'a prêté pour que je me bande les yeux.

— C'est vrai ? s'exclama Yangbum en haussant délibérément la voix, alors ça prouve qu'elle t'aime bien, elle aussi. Quand une fille tombe amoureuse d'un garçon, elle lui offre son foulard et plein de trucs, c'est bien connu.

— Non, elle me l'a juste prêté, répondit Urgyan tristement, pour que je me bande les yeux et que je puisse me rendre compte de ce qu'on ressent quand on est aveugle. En plus, c'est moi qui le lui ai demandé.

— Ah, dit Yangbum, c'est vraiment pas drôle de discuter avec toi.

Sa réaction fit rire Urgyan qui demanda à son tour :

— Et toi, alors, dis un peu, c'est quelle fille que t'aimes ? Une fille du village ou d'ailleurs ?

— J'aime pas cette manière d'esquiver les questions, rétorqua Yangbum en le fusillant du regard, c'est pas ton problème.

— Allez, dis-le, insista Urgyan.

— Eh bien, c'est Yangtso.

— En fait, je le savais, dit Urgyan, j'ai même entendu dire que votre mariage a été arrangé quand vous étiez tout petits.

— Ça, tout le village le sait, répondit Yangbum, mais ce que je sais pas, c'est si elle m'aime, elle.

— T'as qu'à lui demander.

— Je l'ai fait, mais elle ne m'a pas répondu.

— Il y a toujours un moyen de savoir.

— Ah, ça n'a vraiment aucun intérêt de discuter avec un gamin, soupira Yangbum.

— T'as vu, tu m'as encore traité de gamin, lança Urgyan furieux, quand t'auras perdu ton pari, tu m'appelleras plus comme ça, d'accord ?

— Je suis pas sûr du tout que tu tiennes toute une journée sans rien y voir, dit Yangbum en riant.

— Bien sûr que si, que je vais tenir, et même qu'après, je vais écrire une magnifique rédaction et que j'aurai un foulard rouge au prochain trimestre.

Yangbum qui trouvait tout ça vraiment très ennuyeux ne répondit rien.

Au bout d'un moment, pourtant, il voulut savoir :

— Alors, t'as compris ce qu'on ressent quand on est aveugle ?

— Non, tout ce que je ressens pour l'instant, c'est qu'on est dans le noir complet, un peu comme quand la nuit tombe, mais en même temps c'est pas pareil.

— C'est comment, alors ?

— Je sais pas trop comment dire exactement.

— Bon, dit Yangbum lassé, exerce-toi bien à être aveugle, moi je vais dormir un peu.

— Non, va pas dormir, s'écria Urgyan, je peux pas voir tes moutons !

— Mais c'est pas la peine, répliqua Yangbum en riant, t'as pas besoin de les voir, il suffit de tendre l'oreille ; en entendant les bruits que font les moutons, tu sauras où ils sont.

Et il se détourna et s'allongea. Mais il se releva aussitôt, jeta un coup d'œil au troupeau et dit à Urgyan :

— T'en fais pas, ils vont pas aller loin. Dans un petit moment, on va déjeuner, ma mère m'a préparé à manger et il y en a assez pour nous deux.

Sur quoi il se rallongea et, un instant plus tard, il ronflait légèrement. Urgyan se dit, je n'ai pas sommeil, je vais m'exercer comme il faut.

Quand Yangbum se réveilla, Urgyan commençait à distinguer nettement les bruits autour de lui et à percevoir le monde qui lui était invisible.

5

Le cri perçant d'une voix féminine retentit soudain : Yangbum, Yangbum !

Il se réveilla en sursaut, se frotta les yeux et, avant même d'y voir clair, il s'exclama avec un rien d'excitation dans la voix : Yangtso !

Celle-ci continua de hurler :

— Tu ne sais encore pas surveiller ton troupeau comme il faut ? Tes moutons sont en train de se mêler aux miens.

L'air toujours aussi enthousiaste, Yangbum se leva et aperçut Yangtso au loin.

— Si les deux troupeaux se mélangent, lui cria-t-il, c'est très bien.

— Espèce d'idiot, lui lança Yangtso qui s'efforçait de chasser les moutons de Yangbum vers lui tout en essayant de regrouper les siens.

Yangbum la regardait faire d'un air béat, sans bouger. C'est alors qu'il remarqua qu'Urgyan, étendu à côté de lui, dormait à poings fermés en ronflant doucement. Il lui donna un coup de pied pour le réveiller et lui lança :

— Alors, c'est comme ça que tu t'exerces à être aveugle ?

Urgyan s'assit, l'air abattu, et marmonna :

— Quand on dort les yeux bandés, on a l'impression de dormir encore plus profondément.

— Yangtso, hurla Yangbum, viens déjeuner avec nous !

A ce moment-là, elle remarqua qu'il y avait quelqu'un à côté de lui.

— Qui est avec toi ? lui cria-t-elle.

— C'est Urgyan, l'écolier.

— Comment se fait-il qu'il ne soit pas à l'école ?

— Viens, je vais t'expliquer, c'est marrant.

Après un instant d'hésitation, Yangtso s'approcha. En voyant Urgyan, elle demanda :

— Comment se fait-il qu'il ait un foulard rouge sur les yeux ?

— C'est vraiment bizarre, dit Yangtso quand Yangbum lui eut expliqué pourquoi.

Se tournant vers elle, Urgyan déclara :

— Tu sais, Yangbum vient de me dire qu'il t'aime beaucoup.

Yangtso éclata de rire en regardant Yangbum, puis dit à Urgyan :

— Moi, je n'en sais rien.

— Tu sais, grande sœur, t'es vraiment très jolie, lui dit Urgyan.

— Tu me dis ça alors que t'as les yeux bandés, se moqua Yangtso.

— Mais c'est pas nouveau, rétorqua Urgyan.

Yangtso éclata à nouveau de rire en voyant Yangbum devenir tout rouge.

Comme Yangtso n'arrêtait pas de rire, il lui dit :

— Reste manger avec nous, ma mère a préparé un déjeuner délicieux.

— Il faut que tu fasses comme Urgyan, répondit-elle sans cesser de rire, et que tu m'appelles grande sœur : n'oublie pas que j'ai deux ans de plus que toi.

— Grande sœur, demanda Urgyan, tu vas te marier avec lui plus tard ?

— Urgyan, dit-elle, pour l'instant on va manger.

Yangbum sortit à toute vitesse ce qu'avait préparé sa mère et Yangtso sortit ce qu'elle-même avait apporté.

— J'ai aussi à manger dans mon cartable, dit Urgyan qui s'empressa de sortir ses victuailles.

— Aujourd'hui, c'est un vrai festin, plaisanta Yangtso en voyant toute la nourriture étalée devant eux.

Tout content, Yangbum commença à manger. Yangtso versa à chacun du thé au lait et en but tout de suite une gorgée.

Urgyan tendit l'oreille pour écouter attentivement le bruit que faisaient les deux autres en mangeant et en buvant.

— Enlève ton foulard, tu le remettras quand tu auras fini de manger, lui dit Yangtso en le voyant faire.

— Non, répondit Urgyan, j'ai fait un vœu.

Alors elle lui mit en riant son bol de thé dans la main, avec un peu de tsampa.

Ils se mirent à manger sans plus rien dire, Yangbum et Yangtso levant la tête de temps à autre pour surveiller leurs troupeaux.

Soudain, ils entendirent une voix les apostropher derrière eux :

— Ah, mais c'est un vrai festin, je peux me joindre à vous ?

Yangbum et Yangtso se retournèrent : c'était Tendor, le beau gosse du village, qui était arrivé à cheval. Yangtso se leva et lui dit d'un air tout joyeux :

— Mais bien sûr, viens vite.

Yangbum lança un coup d'œil à Tendor sans rien dire.

Tendor descendit de cheval, l'attacha à côté et vint s'asseoir. En voyant la tête d'Urgyan, il demanda à son tour pourquoi il avait les yeux bandés, et Yangtso répéta ce que Yangbum lui avait expliqué. Mais il n'eut pas l'air étonné :

— Aujourd'hui, dit-il, on voit vraiment de tout en ce monde, les choses les plus bizarres.

Sur quoi il se servit en piochant dans les victuailles étalées par terre comme si c'était lui qui les avait apportées.

Yangtso regarda Tendor manger, puis, ayant jeté un coup d'œil à Yangbum qui restait tête baissée sans rien dire, elle s'exclama en riant :

— Tendor, Urgyan vient juste de me dire que Yangbum m'aime beaucoup, et regarde, on dirait qu'il n'est pas très content de te voir.

— Ah bon ? répliqua Tendor en éclatant de rire tout en continuant de manger, mais c'est super, alors il te l'a dit ?

— Non, reprit Yangtso en prétendant ne pas en être sûre, il ne m'a rien dit. Et s'il ne me dit rien, comment puis-je savoir si c'est vrai ou pas ?

— Yangbum, dit Tendor, si tu l'aimes vraiment, c'est le moment de te déclarer.

— Et même qu'après, il va l'épouser, renchérit Urgyan.

— C’est vrai ? s’étonna Tendor, c’est pas possible !
— Ces deux gamins sont tordants, dit Yangtso.
— Je t’interdis de m’appeler gamin, protesta Yangbum.
— Ce gamin n’a pas encore de poils et il veut déjà t’épouser, s’esclaffa Tendor, t’en as de la veine ! C’est vraiment trop drôle.
Yangtso partit d’un immense éclat de rire.

Yangbum finit par ouvrir la bouche pour demander :
— C’est quoi, ces poils que j’ai pas ?
Sur le coup, Yangtso s’arrêta de rire, mais elle repartit de plus belle en montrant Yangbum du doigt :
— Il est impayable, ce gamin, vraiment !
— Yangbum, dit Tendor, mort de rire, t’as des poils d’homme ou pas ?
— J’ai des cheveux comme toi, répliqua Yangbum, étonné, qu’est-ce que tu veux que j’aie d’autre ?
— T’as de la moustache ? demanda Tendor en s’approchant.
— Un jour j’en aurai, répondit Yangbum qui savait bien qu’il n’en avait pas.
— Et t’as pas d’autres poils ? continua Tendor en riant.
— Quels autres poils ? demanda Yangbum qui de toute évidence était perdu.
— Quand t’en auras, tu verras, tu comprendras, répliqua Tendor en s’amusant à rouler dans l’herbe.
Yangbum resta muet, l’air perplexe.

Yangtso se tourna en riant vers Urgyan :

— Urgyan, comment imagines-tu la tête que fait maintenant Yangbum ?

— Aucune idée, répondit Urgyan, il fait quoi, comme tête ?

— Ah, c'est bien dommage que tu n'arrives pas à l'imaginer, dit Yangtso, c'est trop drôle.

— Mais pour quelle raison veux-tu vraiment te marier avec elle ? demanda Tendor en arrêtant ses galipettes.

Yangbum ne répondit rien. Alors Urgyan intervint :

— C'est parce que les parents de Yangtso ont promis aux parents de Yangbum qu'elle l'épouserait quand ils seraient grands.

— Tout ça, c'est n'importe quoi, affirma Tendor en regardant Yangbum très sérieusement, quand un homme veut épouser une femme, il doit avoir des atouts. C'est quoi, tes atouts à toi ?

Yangbum ne répondit pas tout de suite ; puis, regardant Yangtso, il affirma avec assurance :

— Je ferai un bon berger.

Yangtso et Tendor éclatèrent de rire. Même Urgyan se mit à ricaner bêtement.

Quand ils se furent calmés, Tendor reprit :

— Dans les pâturages, être un bon berger, ce n'est pas vraiment un atout. Un atout, c'est d'avoir un bon cheval, par exemple, t'en as un ?

— J'en aurai un quand je serai plus grand, répondit Yangbum, avouant son infériorité.

Tendor regarda Yangtso en riant. Urgyan lui aussi se mit à rire.

Au bout d'un moment, Yangbum se leva d'un air décidé et demanda à Tendor :

— Tu veux pas te battre avec moi ?

— Il paraît que t'es très fort pour te battre, répondit en riant Tendor, tellement fort qu'aucun autre enfant ne t'arrive à la cheville, à l'école. Et ce disant, il marcha jusqu'à un endroit plat.

En voyant sa stature, bien plus grande que la sienne, Yangbum hésita et n'osa pas avancer.

— Bon, dit Tendor en voyant la mine de Yangbum, t'as plus envie de te battre avec moi ? T'aurais pas un peu peur, par hasard ?

— Peuh, répliqua Yangbum en fanfaronnant pour se donner du courage, j'ai cru que c'était toi qui avais peur. Moi, je t'aurai prévenu.

Tendor sourit et tous deux allèrent se mettre en position de lutte. A chaque attaque de Yangbum, Tendor esquivait le coup adroitement. Finalement, il l'attrapa par la taille, lui fit faire un tour sur lui-même et le laissa tomber lourdement par terre.

Urgyan avait suivi avec anxiété les bruits de leur combat ; quand il entendit le choc sourd annonçant que l'un des deux lutteurs était tombé, il demanda aussitôt :

— Qui est tombé ?

Yangtso répondit avec un grand sourire :

— C'est ce galopin de Yangbum.

— Ah là là, dit Urgyan nerveusement, si seulement j'avais pas fait le vœu de rester aveugle toute la journée ! J'aimerais bien les voir se battre.

— T'as qu'à enlever ton foulard, dit Yangtso en riant.

Urgyan ne dit plus rien.

Yangbum, qui n'était pas prêt à se déclarer vaincu, se releva et se précipita sur Tendor qui l'attrapa et lui fit derechef mordre la poussière. Sans attendre la question d'Urgyan, Yangtso annonça avec le même sourire :

— C'est encore ce galopin de Yangbum qui est par terre.

Urgyan paraissait tellement tendu qu'il ne tenait plus debout et n'arrêtait pas lui-même de tomber.

Yangbum se releva de nouveau pour se ruer sur Tendor. Mais il se fit encore envoyer à terre sans l'ombre d'une difficulté. Cette fois, sans attendre l'annonce de Yangtso, Urgyan demanda avec inquiétude :

— C'est Yangbum qui est à terre, c'est ça ?

— Oui, répondit Yangtso en souriant.

Urgyan faisait les cent pas en grommelant des propos inaudibles.

— Alors, gamin, tu veux continuer ? demanda Tendor en voyant Yangbum se traîner par terre.

Yangbum s'assit en faisant tomber la poussière dont il était couvert et répliqua :

— La règle, quand on se bat, c'est qu'on est hors jeu au bout de trois chutes, non ? Autrement, j'aurais bien continué jusqu'à te tuer. Mais désormais je t'interdis de m'appeler gamin.

Tendor partit d'un grand éclat de rire.

Yangbum, furieux, lui lança :

— De toute façon, j'ai bien l'intention d'épouser Yangtso, je l'ai déjà dit à ma mère.

Tendor rit de plus belle :

— T'as entendu, Yangtso, ce gamin a dit à sa mère qu'il était d'accord pour t'épouser. Il va faire de toi son épouse comme le veut sa mère.

Yangtso s'esclaffa elle aussi. Mais Yangbum lui dit :

— Je ne plaisante pas, j'ai vraiment dit à ma mère que j'étais d'accord pour t'épouser comme elle le veut.

Voyant que Tendor et Yangtso n'arrêtaient pas de rire, il se mit à pleurer, et même à sangloter de plus en plus fort. Tendor cessa de rire et dit à Yangbum :

— Attends encore un ou deux ans, quand tu auras réussi à me battre, tu pourras épouser Yangtso.

Yangtso sourit à Yangbum et essuya du revers de la manche les larmes mêlées de morve qu'il avait sur le visage.

Tendor alla détacher les rênes de son cheval et dit à Yangtso en voyant que ses moutons étaient assez loin :

— Yangtso, tes moutons se sont pas mal éloignés, allons-y.

Il monta à cheval et se tourna vers Yangtso. Voyant le pauvre Yangbum tout déconfit, elle lui dit quelques mots pour le consoler, puis sauta en selle derrière Tendor.

Yangbum se leva pour regarder partir le cheval qui les emportait et leur lança avec colère :

— J'ai donné mon accord à ma mère, je ne reviendrai pas sur ma parole !

Tendor relâcha en riant les rênes pour laisser le cheval trotter tranquillement ; comme Yangtso riait gaiement en le tenant étroitement serré, il se mit à fredonner une chanson d'amour pleine d'entrain qui retentit dans les prairies alentour, avant de s'estomper peu à peu dans le lointain en même temps que leurs silhouettes.

Yangbum les regarda s'éloigner puis disparaître au tournant de la colline, toujours assis par terre, inconsolé.

6

Au début de l'après-midi, Yangbum n'avait toujours pas bougé. Urgyan le poussa :

— Tu vas pas te lever, non ?

Yangbum ne réagit pas, il fixait l'endroit où Tendor l'avait jeté à terre d'un regard plein de haine.

— Si tu te conduis comme ça, commenta Urgyan, c'est sûr que t'épouseras pas Yangtso.

— Qu'est-ce que tu veux dire ? répliqua enfin Yangbum, tu te moques de moi ?

— A l'école, quand je me dispute, je pleure jamais, expliqua Urgyan, même si je me fais battre. T'aurais pas dû pleurer devant Yangtso.

Yangbum se leva d'un bond :

— Alors tu crois que je suis pas capable de le battre ? Si maman ne m'avait pas dit et répété depuis que je suis petit qu'on ne se bat pas dehors, je lui aurais flanqué une telle raclée qu'il ne se serait pas relevé.

— T'as déjà fait de gros progrès depuis que t'es petit, dit Urgyan en riant, alors dans un ou deux ans, t'auras encore progressé ; bien que Tendor soit plus grand que toi, tu arriveras à l'envoyer par terre, et là tu pourras te marier avec Yangtso.

Yangbum leva la main pour frapper Urgyan mais, voyant ses yeux bandés, il la rabaissa. Urgyan continua :

— Je vais t'aider à t'entraîner, tu vas voir, dans un ou deux ans, non seulement tu pourras battre Tendor et le mettre à terre, mais en plus tu le forceras à pleurer devant Yangtso.

Tout content, Yangbum passa un bras autour de l'épaule d'Urgyan et lui dit :

— T'es vraiment un bon copain, plus jamais je te traiterai de gamin.

A son tour Urgyan, tout content, passa un bras autour de l'épaule de Yangbum, qui demanda :

— Dis, c'est qui, le plus beau, Tendor ou moi ?

— Bien sûr que c'est Tendor, répondit Urgyan, toutes les filles le disent.

Comme Yangbum, blessé, se renfrognait sans plus rien dire, Urgyan voulut le réconforter :

— Tu sais, pour ton âge, t'es pas mal aussi. Il suffit que tu t'entraînes sérieusement au combat et tout ira bien.

— Oui, répondit Yangbum tout content, je vais bien m'entraîner.

— Je te fais confiance, répliqua Urgyan, tout content lui aussi.

S'étant frotté la tête à un endroit douloureux, Yangbum demanda à Urgyan :

— Tu pourrais regarder si j'ai pas quelque chose, là ? Ça me fait mal.

— Mais, dit Urgyan, j'y vois rien.

— Tu pourrais pas baisser un tout petit peu ton foulard, en douce, pour jeter un coup d'œil ?

— Mais j'ai fait un vœu au Bouddha, répondit Urgyan, très embarrassé, j'ai promis de rester aveugle toute la journée ; si j'enlève mon foulard maintenant, je ne pourrai pas écrire ma rédaction, et si je ne l'écris pas, j'aurai pas de foulard rouge.

— Bon, tant pis, dit Yangbum.

— Ça te fait très mal ? demanda Urgyan.

Yangbum continua de se frotter la tête au même endroit, sans répondre.

Au bout d'un moment, il demanda :

— Dis, est-ce que tu t'es déjà fait une idée de ce qu'on ressent quand on est aveugle ?

— Je peux pas dire exactement, répondit Urgyan après un instant d'hésitation, j'ai surtout l'impression que tout est très noir.

— Finalement, dit Yangbum, c'est peut-être ce que ressent un aveugle, c'est ça que tu devrais écrire.

— D'accord, mais ça ne va pas bien loin, répliqua Urgyan.

— Alors faut que tu continues, dit Yangbum.

— Ne rien y voir, comme maintenant, remarqua Urgyan, en fait, ça fait un peu peur.

— T'as pas à avoir peur, répliqua Yangbum, je suis là pour te guider.

— Très bien, dit Urgyan.

Yangbum lui demanda alors à brûle-pourpoint, comme si l'idée venait juste de l'effleurer :

— Mais comment t'as fait pour venir de l'école jusqu'ici ?

— Je suis venu en tâtonnant, répondit Urgyan. Je suis tombé plusieurs fois avant d'arriver, mais je me suis guidé en suivant le chemin que je sentais sous mes pieds.

— Je vais essayer moi aussi, dit Yangbum, je vais me bander les yeux avec ma ceinture.

— D'accord, acquiesça Urgyan.

Yangbum détacha sa ceinture et se banda les yeux.

— Ça y est, ils sont bandés ? demanda Urgyan.

— Oui, ça y est, répondit Yangbum.

— Et alors, qu'est-ce que tu ressens ?

— Rien du tout, déclara Yangbum, c'est comme si j'étais dans une nuit noire comme du cirage.

— Tu vas pouvoir garder tes moutons sans rien y voir ?

— Ça, je crois pas, répondit Yangbum.

— On va y aller ensemble, à deux ça ira mieux.

— D'accord, approuva Yangbum.

7

Yangbum et Urgyan partirent en direction du troupeau, l'un soutenant l'autre, trébuchant et tombant, mais se relevant et poursuivant quand même leur chemin.

Cependant, après avoir fait un certain nombre de chutes, Yangbum n'avait plus le cœur à continuer ; il détacha sa ceinture et alors, il éclata de rire. Interloqué, Urgyan demanda :

— Qu'est-ce qu'il y a ? Qu'est-ce qui te fait rire comme ça ?

— On n'est pas partis dans la direction du troupeau, expliqua-t-il en riant aux éclats, on est allés en sens inverse. Bon, on va se reposer un peu, puis je te guiderai pour revenir, ajouta-t-il en tirant Urgyan par la main pour le faire asseoir.

A ce moment-là, il vit le chef du village arriver à cheval. Apercevant Yangbum, celui-ci lui cria :

— Yangbum, tu gardes tes moutons ?

Avant que Yangbum ne réponde, Urgyan lui demanda à voix basse d'un ton inquiet :

— C'est qui ?

— C'est le chef du village, répondit Yangbum tout bas.

— Va vite à sa rencontre, dit Urgyan, encore plus nerveux, et surtout ne lui dis pas que je suis ici. Il me tuerait !

Yangbum se précipita vers le chef du village et le salua :

— Bonjour, chef.

— Qui est l'enfant qui est avec toi ? demanda le chef du village en regardant derrière Yangbum.

— C'est un petit berger qui n'est pas du village.

— Ah bon ? Il me semble qu'il ressemble un peu à Urgyan.

— Tout à fait, opina Yangbum, tout à fait.

— Faut que j'aille voir, dit le chef du village en regardant Yangbum d'un air dubitatif.

Il dirigea son cheval vers Urgyan, et Yangbum le suivit avec inquiétude.

En entendant le chef du village approcher, Urgyan se mit à plat ventre, face contre terre, et resta totalement immobile. En arrivant près de lui, le chef du village demanda à Yangbum :

— Qu'est-ce qu'il a ? Pourquoi est-il à plat ventre comme ça, sans bouger ?

— C'est parce qu'il a peur de vous, alors il n'ose pas se lever.

— Peur ? Peur de quoi ? dit le chef du village. Dis-lui de se dépêcher de se lever.

— Allez, lève-toi vite, dit Yangbum, le chef du village t'a reconnu.

Urgyan se releva lentement et s'assit. Voyant sa tête, le chef du village s'étonna :

— Qu'est-ce qu'il a ? Pourquoi est-il comme ça ?

— Il a dit qu'il s'était bandé les yeux parce qu'il voulait être aveugle pendant toute une journée, expliqua Yangbum en riant.

— Quoi ? s'exclama le chef du village d'une voix perçante comme s'il allait sauter de son cheval. C'est quoi cette histoire ?

— Leur maître, à l'école, leur a donné un devoir à écrire sur les aveugles, expliqua Yangbum, alors il veut savoir ce qu'on ressent quand on est aveugle.

— Cet enfant ne doit pas être très normal, déclara le chef du village en riant.

Yangbum se contenta de rire, sans rien dire.

— Si on a toute sa tête, pourquoi vouloir être aveugle ? poursuivit le chef du village.

Et comme Yangbum ne disait toujours rien, il ajouta comme pour lui-même :

— Pourtant, moi, j'aimerais bien devenir aveugle, il y a de plus en plus de choses en ce bas monde que je préférerais ne pas voir.

Mais il sembla soudain se souvenir d'un point qu'il avait oublié :

— Et comment se fait-il qu'il ne soit pas à l'école ?

— Il veut d'abord faire cette expérience et ensuite il ira à l'école.

— N'importe quoi, dit le chef de village en colère, qu'il se dépêche de filer à l'école !

S'apprêtant à partir, il allait talonner son cheval quand Yangbum s'empressa de lui dire :

— Chef, prenez d'abord un peu de thé et reposez-vous un moment avant de repartir.

Le chef du village descendit de cheval et alla s'asseoir par terre à côté d'eux. Yangbum courut chercher son thé et son bol. C'est alors qu'Urgyan ouvrit la bouche :

— Chef, il faut que vous me laissiez manquer la classe cette fois ; après, je vous promets de bien travailler.

— Comme tu es orphelin, dit le chef du village en le regardant avec un sourire, c'est le village qui paie l'école pour toi, il faut que tu étudies bien, tu ne peux pas manquer la classe.

— Je vais bien m'appliquer, répondit Urgyan d'un air tendu, pour vous remercier de la bonté que vous avez de payer pour mon éducation.

— Tu n'as qu'à enlever ton foulard rouge et aller sagement à l'école, reprit le chef du village, comme ça, je ne me fâcherai pas.

— Mais je ne peux pas enlever le foulard, j'ai promis au Bouddha que je resterais aveugle toute la journée.

— Ne dis pas de bêtise, quand je pense à tous les aveugles qui voudraient voir la lumière, et toi qui y vois, tu veux devenir aveugle !

— Mais je ne veux pas devenir aveugle, argumenta Urgyan, je veux juste pouvoir écrire le devoir sur les aveugles que nous a donné le maître à l'école, parce que, si je fais un bon devoir, j'aurai un foulard rouge.

— Je ne veux pas le savoir, dit le chef du village, ce que je veux, c'est que tu ailles à l'école, sinon je ne m'occupe plus de toi et tu devras aller garder les moutons pour gagner ta vie.

Effrayé, Urgyan ne savait plus que faire.

A ce moment-là, Yangbum revint avec une bouteille thermos et un bol qu'il essuya soigneusement avant d'y verser du thé et de l'offrir au chef du village. C'était un bol en bois que le chef du village observa attentivement avant de demander à Yangbum :

— C'est le bol en bois de ton père, non ?

— Je ne sais pas, répondit Yangbum, mais oui, ma mère m'a dit qu'il venait de mon père. C'est pour ça que je l'ai toujours avec moi. Je ne me souviens même plus exactement à quoi ressemblait mon père.

— Tu es vraiment un brave garçon, dit le chef du village en soupirant, quel malheur que ton père ait disparu alors que tu étais encore si petit ! Ça n'a pas été facile pour vous deux, ta mère et toi.

Une grande tristesse se peignit sur le visage de Yangbum, mais il ne dit rien.

— Ton père était quelqu'un de très bon, dit encore le chef du village.

Et comme Yangbum ne disait toujours rien, il ajouta en regardant le bol :

— Ce bol, ton père l'a acheté à Lhassa quand nous y sommes allés tous ensemble en pèlerinage ; ta mère était enceinte, tu n'étais pas encore né. Nous étions une dizaine et chacun a acheté un bol en bois. Mais maintenant il n'en reste plus un seul. Que ton père t'ait laissé celui-ci, c'est vraiment formidable.

— Je ne me souviens plus de lui, dit enfin Yangbum, mais maman dit que je lui ressemble.

— C'est vrai que tu lui ressembles, opina le chef du village après avoir étudié Yangbum de près, tu as surtout les mêmes yeux et le même nez.

— Comme ça, dit Yangbum, je sais à quoi il ressemblait.

— Oui, mais il avait quelque chose que tu n'as pas, ajouta le chef du village en riant, c'est sa superbe moustache !

— Comme celle du roi Gesar[1] ?

— Oui, c'est ça, exactement.

— Ma mère m'a dit que, quand je serai grand, j'en aurai une, moi aussi, dit Yangbum.

Le chef du village éclata de rire et dit après avoir bu une gorgée de thé :

— Ton père aimait beaucoup le thé au lait ; il le buvait avec des boulettes de tsampa et il pouvait en boire jusqu'à deux ou trois théières, parfois.

— Moi aussi, j'aime bien le thé au lait, dit Yangbum.

— Tu tiens peut-être ça de ton père, remarqua le chef du village.

Comme Yangbum restait silencieux, il reprit au bout d'un moment :

— De son vivant, ton père était un excellent berger. Il avait coutume de mener dès l'aurore son troupeau paître dans la montagne, et il ne rentrait qu'après le coucher du soleil, à la tombée de la nuit.

— J'aime bien, moi aussi, partir très tôt avec mon troupeau et ne revenir qu'à la tombée de la nuit, dit Yangbum.

— Cela montre bien que tu ressembles à ton père, confirma le chef du village.

1. L'épopée du roi Gesar est le poème épique sans doute le plus connu des populations tibétaine et mongole : selon la tradition orale, qui comporte de nombreuses variations, le roi Gésar était un héros envoyé sur terre par les dieux pour vaincre des démons qui menaçaient l'enseignement bouddhique. Il arborait une moustache finement tracée en V inversé au-dessus de la bouche.

Le visage de Yangbum se fendit d'un immense sourire, sans qu'il ajoute rien.

Après avoir bu le deuxième bol de thé que lui avait versé Yangbum, le chef du village remarqua la marque noire qu'il avait sur le front et lui demanda :

— Qu'est-ce que tu t'es fait au front ?

— C'est Tendor qui l'a fait, intervint Urgyan.

— Et pourquoi ? demanda le chef du village.

— Ils se sont battus à cause de Yangtso.

— Comment ça ?

— Sa mère souhaite que Yangbum épouse Yangtso, et il lui a dit qu'il était d'accord. Mais Tendor s'est moqué de lui en disant qu'il n'avait même pas de poils d'homme et qu'il ne pouvait donc pas l'épouser.

Le chef du village partit d'un immense éclat de rire et demanda aux deux enfants :

— Vous savez ce que c'est, des poils d'homme ?

— Non, répondirent-ils en même temps, on a demandé à Tendor, mais il ne nous a pas répondu.

— Vous verrez, quand vous serez plus grands, vous comprendrez, dit le chef du village en riant.

— C'est exactement ce que nous a dit Tendor, se hâta de répondre Urgyan après avoir échangé un clin d'œil avec Yangbum.

Le chef du village se mit à rire encore plus fort et Yangbum le regarda, médusé.

— Tendor a dit aussi que si, dans un ou deux ans, Yangbum arrivait à l'envoyer à terre, il pourrait épouser Yangtso.

— Alors t'as intérêt à bien t'entraîner, dit le chef du village en se tournant vers Yangbum.

— Ma mère m'a dit que, de son vivant, mon père s'était entendu avec le père de Yangtso pour que je l'épouse quand je serais grand. Mais maintenant que mon père n'est plus là, peut-être que son père a changé d'avis ?

— Même si vos parents se sont mis d'accord, il faut que tu aies des qualités à toi, autrement, une fois marié, comment pourrais-tu garder ta femme ?

Embarrassé, Yangbum baissa la tête. Alors Urgyan revint à la charge :

— Puisque vous êtes le chef, vous soutiendrez Yangbum, n'est-ce pas ? Puisqu'ils s'étaient mis d'accord, il n'y a qu'à faire respecter la parole donnée.

— Quoi ? s'exclama le chef du village en fronçant les sourcils. Tu n'es pas encore parti à l'école ? Tu veux que je t'y emmène moi-même ?

— Chef, répondit Urgyan d'une voix implorante, à partir de demain je vais étudier d'arrache-pied et faire des progrès tous les jours, mais aujourd'hui laissez-moi manquer, s'il vous plaît, c'est pour que je puisse écrire le devoir que nous a donné le maître.

Le chef de village rendit son bol à Yangbum, se leva et repartit à cheval.

En le voyant disparaître au loin, Urgyan s'inquiéta :

— Il ne va pas aller dire au maître que je suis ici ?

— Mais non, répondit Yangbum en riant, tranquillise-toi, il a autre chose à faire.

— Toi aussi tu peux te tranquilliser, dit Urgyan en riant, c'est sûr qu'il va te soutenir.

Ils se sentaient soulagés tous les deux.

8

Dans la prairie, le temps s'écoule imperceptiblement, à son rythme, ni rapide ni lent. Le crépuscule était tombé, on n'y voyait déjà plus très bien. Constatant que le troupeau de moutons montrait moins d'ardeur à brouter, Yangbum déclara d'un ton assuré :

— C'est déjà le soir.

Puis, voyant quelques moutons prendre lentement le chemin du retour au village, il déclara d'un ton encore plus assuré :

— La nuit tombe. Il faut rentrer.

Urgyan dit alors tristement :

— J'ai gardé les yeux bandés toute la journée, et pourtant je ne ressens rien de spécial. Il va bientôt faire nuit, et quand il fera totalement noir, ce sera exactement comme avoir les yeux bandés.

— T'as qu'à enlever ton foulard, lui suggéra Yangbum, allons-y.

— Je vais garder les yeux bandés encore un peu, répliqua Urgyan après avoir réfléchi un instant, j'ai encore une chance de pouvoir ressentir quelque chose avant qu'il fasse nuit noire.

— T'as gardé les yeux bandés toute la journée, dit Yangbum, autant les garder comme ça encore un peu, c'est pas moi qui vais t'en empêcher. Allons-y, rentrons.

Il rassembla le troupeau et se mit en route.

Prêtant une oreille attentive, Urgyan entendait les divers bruits de la prairie à la tombée de la nuit, des bruits qu'il n'avait encore jamais entendus, et il en ressentit une certaine exaltation.

Yangbum marchait en le tenant par la main. Ils avançaient lentement, au rythme du troupeau, lorsque soudain Urgyan crut entendre un bruit inhabituel. Il s'arrêta pour mieux écouter.

— Qu'est-ce qui t'arrive ? dit Yangbum, intrigué.

— Il me semble entendre une voix bizarre.

— Ah bon, répliqua Yangbum, une voix comment ?

Absorbé, Urgyan ne répondit rien. Alors Yangbum à son tour tendit l'oreille mais il ne perçut que le bruit des moutons auquel il était habitué, rien d'autre. Urgyan continuait d'écouter. Au bout d'un moment, son visage se figea et, se tournant brusquement vers Yangbum, il lui cria :

— Yangbum, continue sans moi, j'ai vraiment entendu une voix.

— Qu'est-ce que tu racontes ? dit Yangbum qui marchait en tendant lui aussi l'oreille. Où est-ce qu'il y a une voix ?

— Je l'ai entendue, pour de vrai, on dirait une voix en train de chanter.

— Et elle vient d'où, ta voix ? demanda Yangbum en regardant sérieusement Urgyan.

Après avoir écouté attentivement pendant un long moment, celui-ci lui indiqua une direction.

— Très bien, dit Yangbum en le tirant par la main, allons voir.

Ils partirent en marchant de plus en plus vite et finirent par se mettre à courir. Au bout d'un moment, Yangbum lui aussi eut l'impression d'entendre comme une voix. Il s'arrêta pour s'exclamer :

— Moi aussi je l'ai entendue !

Alors ils se remirent tous les deux à courir, à en perdre haleine.

Un moment plus tard, Yangbum s'arrêta à nouveau :

— Cette fois, je suis sûr d'avoir moi aussi entendu comme une voix en train de chanter.

Et ils se remirent à courir, jusqu'au moment où, n'en pouvant plus, ils s'effondrèrent. Mais le son de la voix était de plus en plus net. Yangbum et Urgyan se tournaient de côté et d'autre en cherchant à identifier plus précisément la direction d'où il venait. Soudain, le son s'arrêta, les laissant désorientés. Mais il reprit très vite, tout aussi soudainement, et il devint clair que c'était un homme qui chantait.

— Qu'est-ce que c'est ? demanda Yangbum.

— J'en sais rien, répondit Urgyan.

Ils se levèrent et repartirent en courant dans la direction du chant. Cependant, bien que la voix fût maintenant nettement audible, il leur fallut courir encore longtemps ; le chant devenait de plus en plus clair au fur et à mesure qu'ils s'en approchaient.

Finalement, ils arrivèrent à un bosquet où ils trouvèrent ce qu'ils prirent pour un satellite artificiel.

Yangbum saisit la chose avec d'infinies précautions et l'examina avec curiosité. Elle émettait un son qui ressemblait à une chanson fredonnée par une voix masculine.

— Qu'est-ce que ça peut bien être ? s'étonna Yangbum. C'est là-dedans qu'il y a un homme qui chante.

— Mais qu'est-ce que c'est ? s'écria Urgyan, tout excité.

— J'en sais rien, répondit Yangbum en tournant et retournant l'objet sans comprendre ; ça ressemble un peu à une petite boîte de tsampa, mais une petite boîte de tsampa ne chanterait comme ça.

Urgyan réfléchissait.

— Et si c'était une étoile tombée du ciel ? demanda-t-il soudain.

— N'importe quoi, répliqua Yangbum du tac au tac, comment une étoile pourrait-elle atterrir dans notre prairie ?

— Toutes les nuits, on voit bien des étoiles tomber du ciel, non ? s'entêta Urgyan.

— Mais elles ne chantent pas ! rétorqua Yangbum après un moment de réflexion.

— Peut-être, dit Urgyan comme frappé par une soudaine illumination, mais le maître, à l'école, nous a dit que les satellites artificiels peuvent chanter.

— Quoi ? s'exclama Yangbum, incrédule. Comment ça, artificiels, tu veux dire, faits par l'homme ? Il y a des satellites comme ça dans le ciel ? Comment peuvent-ils voler jusque dans le ciel ?

— Ça, répliqua Urgyan, j'en sais rien.

— Tu vois, dit Yangbum en riant, ce n'est certainement pas une étoile, je crois qu'il y a dedans un tout petit homme qui chante.

— Ça, c'est impossible, rétorqua Urgyan qui ne savait trop que penser.

— Mais bien sûr que si, je vais ouvrir la boîte pour voir le petit homme qui y est enfermé.

— Pas question, répliqua Urgyan, c'est moi qui l'ai trouvée.

— Comment ça ? se rebiffa Yangbum. Mais t'as les yeux bandés, t'es incapable de voir quoi que ce soit !

— Peut-être, mais c'est moi qui l'ai entendue le premier.

— Entendre, ça compte pas, dit Yangbum d'un air futé, tu sais bien ce qu'on dit, on ne croit que ce qu'on voit.

— Sois gentil, l'implora Urgyan, à bout d'arguments, tu peux bien attendre demain pour qu'on ouvre la boîte, non ?

— Ah non, répliqua Yangbum avec détermination, si on attend demain, le petit homme risque de s'enfuir. C'est pour ça que je veux l'ouvrir maintenant, pour être sûr de le trouver, ce petit bonhomme.

On entendait toujours la chanson provenant de la boîte, mais la voix était de plus en plus faible.

— T'as appris je ne sais combien de choses à l'école et t'es même pas capable de comprendre ce que dit cette chanson ? s'étonna Yangbum.

Urgyan écouta encore une fois très attentivement, puis secoua la tête.

— C'est pas clair, j'ai beau écouter, je ne comprends pas très bien. Mais c'est sûr que c'est du chinois.

Yangbum ne l'écoutait plus, tout entier concentré sur la petite boîte dont la voix était de moins en moins audible.

— Il a peut-être faim, le petit homme là-dedans, dit Urgyan, sa voix est de plus en plus faible.

— Peut-être bien, répondit Yangbum qui s'apprêta à casser l'engin.

— Qu'est-ce que tu vois d'autre ? demanda Urgyan.

— Il y a quelque chose d'écrit dessus, dit Yangbum après avoir bien regardé, ce sont des caractères chinois, malheureusement je sais pas lire.

— Attends demain, je te lirai ce qui est écrit.

— Non, on peut pas attendre.

Yangbum sortit de sa poche le canif qui lui servait à couper la viande et entreprit d'ouvrir la boîte. Pendant ce temps, Urgyan, à côté de lui, était extrêmement anxieux.

— A l'école, le maître nous a bien dit que les satellites artificiels sont pleins d'instruments qui appartiennent à l'Etat, dit-il d'un ton effrayé, on ne devrait pas y toucher.

Mais Yangbum ne lui prêta aucune attention et continua, tête baissée, à trafiquer la boîte avec son canif. Un instant plus tard, le chant cessa totalement.

— Qu'est-ce que t'as fait ? demanda Urgyan affolé. T'as pas blessé le petit homme qui est dedans, j'espère ?

— Mais non, répondit Yangbum d'un ton un peu nerveux, je suis pas encore arrivé jusqu'à lui.

— Yangbum, murmura Urgyan tout doucement, si je baisse mon foulard un tout petit peu pour regarder, tu le diras à personne, hein ?

— Tu peux pas faire ça, répliqua Yangbum, t'as fait une promesse solennelle, si tu fais ça, c'est une tromperie, pour toi et pour tout le monde.

Urgyan ne put que balbutier un « ah » désolé.

Juste à ce moment-là, de la boîte sortit à nouveau une voix d'homme ; elle était un peu rauque, pas très nette, mais Urgyan réussit à comprendre deux phrases :

Ce jour-là, tu as pris ton foulard rouge et tu m'as bandé les yeux.

Puis tu m'as demandé ce que je voyais et je t'ai dit, je vois le bonheur[1]...

L'homme se mit ensuite à chanter, mais Urgyan ne comprit à nouveau plus rien.

Comme Yangbum continuait à s'acharner sur la boîte, elle s'ouvrit et se brisa en mille morceaux qui s'éparpillèrent dans l'herbe.

Alors Urgyan enleva brusquement le foulard rouge qui lui bandait les yeux et le jeta à côté de lui.

A ce moment-là, la voix rauque et indistincte qui s'échappait de la boîte changea de tonalité et s'évanouit peu à peu. Voyant tous les petits morceaux de la

1. Il s'agit des deux premiers vers d'une chanson (évidemment symbolique) du célèbre chanteur de rock Cui Jian, *Un foulard rouge*, qu'il a chantée en concert, les yeux bandés, en 1988.

machine éparpillés par terre aux pieds de Yangbum, Urgyan furieux s'exclama :

— Et le petit homme alors, tu l'as trouvé ?

— Non, répondit Yangbum avec un soupir en regardant les morceaux épars autour de lui, je l'ai pas vu, je sais pas où il est passé.

— Mais moi, j'ai compris ce qu'il chantait, déclara Urgyan en riant.

— Alors, répliqua Yangbum précipitamment, il chantait quoi ?

Urgyan attendit un bon moment avant de répondre, sans se presser :

— T'es trop bête, je te le dirai pas.

— Sale gamin ! s'exclama Yangbum en riant à son tour.

LA FILLE QUI DORMAIT DEBOUT

En ce temps-là, je n'étais encore qu'un écolier en dernière année de primaire.

L'instituteur donnait toujours mes rédactions en exemple et les lisait régulièrement devant toute la classe.

En ce temps-là, il n'y avait encore jamais eu d'étudiant dans le village ; les gens disaient, cet enfant-là, c'est sûr qu'il ira à l'université, ce sera le premier étudiant de notre village.

En ce temps-là, mes parents étaient donc très fiers de ce que présageait mon avenir. Et moi aussi.

Je me souviens que je commençais toujours mes rédactions par la même phrase : *Sous la direction de notre brillant leader le président Hua, la sinistre Bande des Quatre a été écrasée d'un coup*[1]. Mais je ne sais plus

1. Il s'agit du président Hua Guofeng qui, après la mort de Mao Zedong en septembre 1976, lui a succédé au poste de président du Parti communiste chinois. C'est sous sa présidence, le 6 octobre 1976, que la Bande des Quatre a été arrêtée. Fidèle à la ligne maoïste et peu ouvert aux réformes, Hua Guofeng sera écarté par Deng Xiaoping en décembre 1978. Ce détail à ce point de la narration permet de dater le début de l'histoire.

si je l'avais trouvée dans un journal ou si je l'avais entendue de la bouche de notre instituteur.

En ce temps-là, les sujets de rédaction qu'il nous donnait étaient tous à peu près les mêmes ; on n'avait pas besoin de beaucoup se creuser la tête, je commençais donc toujours par cette phrase.

C'est une fois la Bande des Quatre complètement écrasée que je suis entré au collège [1], et là j'ai changé la première phrase de mes rédactions. Je me souviens que le sujet du premier devoir que nous a donné le professeur de chinois était « un incident ». Je me rappelle avoir écrit quelque chose de très émouvant. Quand ma rédaction a été lue en classe, beaucoup de mes camarades en ont été bouleversés. A la fin du cours, le professeur m'a demandé si ce que j'avais écrit était authentique ; je lui ai répondu que non, que je l'avais inventé. Le professeur a été très déçu ; il m'a dit que je ne devais pas écrire n'importe quoi et qu'à l'avenir il fallait absolument que je raconte des faits réels, tels que j'en avais moi-même fait l'expérience.

Au début du collège, j'ai été pris d'une fringale de romans ; en trois ans, j'ai dû en lire plusieurs dizaines. A l'examen final du premier cycle, non seulement mes résultats en maths, physique et chimie ont été

1. Le procès de la Bande des Quatre s'est ouvert le 20 novembre 1980 et s'est achevé le 25 janvier 1981, par la condamnation à mort, avec sursis, de Jiang Qing (la femme de Mao), et des peines de prison pour ses trois acolytes.

désastreux, mais il n'y a pas eu une seule matière où j'ai eu la moyenne. Je n'ai donc pas réussi ma fin de cycle. Le professeur principal m'a dit qu'il ne voyait pas ce qu'ils pouvaient faire de plus pour mon éducation ; comme je ne pourrais jamais entrer à l'université, il me conseillait d'arrêter mes études. C'est donc ce que j'ai fait : je n'ai pas continué mes études. Mais, du coup, j'ai perdu toute chance d'être le premier habitant du village à entrer à l'université et ça, ça en a déçu beaucoup, mes parents les premiers.

Quand je suis rentré au village, les gens sont venus me voir pour que je leur écrive des lettres à de lointains parents ; on m'a aussi demandé de rédiger des rapports pour les échelons supérieurs de l'administration. Je me suis ainsi bâti une certaine réputation. Mais ce qui m'a valu le plus de notoriété au village, c'est quand, une année, un cadre de la commune populaire en charge de la promotion de l'amélioration de la race ovine est arrivé avec deux béliers du Xinjiang et les a lâchés au milieu de nos brebis ; lorsque, quelques mois plus tard, on a vu naître une foule d'agneaux bizarres, j'ai écrit un rapport vivant et pittoresque sur cette affaire et je l'ai envoyé au journal de la région qui l'a publié sans tarder. Non seulement ils me l'ont payé quatre-vingt-trois centimes, mais ils m'ont envoyé avec l'argent un certificat portant la mention *correspondant spécial*, appuyée d'un impressionnant sceau officiel de couleur rouge. Quelques jours plus tard, le secrétaire de la commune est venu me dire que le secrétaire de la cellule du Parti de la commune pensait le plus grand bien de moi ; il n'aurait jamais cru qu'il y avait un tel intellectuel dans notre village. Les gens du village m'ont très vite considéré d'un autre œil ; ils se sont dit que ce jeune garçon pourrait certainement devenir un cadre national et beaucoup se sont déclarés disposés à me donner leur fille en mariage. Mes parents ont recommencé à être fiers de moi.

Mais finalement je ne suis jamais devenu un cadre national.

Un beau jour, des années plus tard, un homme est venu me voir. A ce moment-là, la commune populaire avait changé de nom, elle s'appelait canton ; la brigade de production ne s'appelait plus ainsi non plus, elle était redevenue un village. L'homme venu me voir était le secrétaire du canton, le même qui était auparavant le secrétaire de la commune. Il est arrivé au volant d'une vieille jeep déglinguée et m'a dit :

— Il y a quelque chose d'important qu'il faut que tu fasses.

— C'est quoi ? ai-je demandé.

— C'est une affaire qui doit rester strictement confidentielle.

— Mais c'est quoi, exactement ?

— Tu connais l'actuel secrétaire du Parti du canton ? m'a-t-il demandé gravement.

— Non, je ne le connais pas.

— Comment se peut-il que tu ne connaisses pas un

cadre qui est pour toi comme un père et une mère[1] ? a-t-il dit d'un air stupéfait.

C'est vrai, pourtant, que je ne le connaissais pas.

— Non, vraiment, je ne le connais pas, ai-je répété.

Une idée a semblé soudain lui traverser l'esprit :

— Mais si, c'était le secrétaire du Parti de la commune, celui qui chantait tes louanges.

Là j'ai compris qui c'était, alors je lui ai dit :

— Ah, d'accord, je vois, il n'a donc pas été remplacé ?

Il s'est offusqué :

— Notre secrétaire a une telle force de travail, comment pourrait-on le remplacer ?

— En fait, je ne l'ai jamais vu ; on dit qu'il est très gros, c'est vrai ?

Le secrétaire m'a regardé un instant fixement avant de me reprendre :

— Mon jeune ami, on ne dit pas gros, dans son cas on dit qu'il est opulent. Imagine, si on avait un secrétaire du Parti maigre comme un clou, ne serait-ce pas une honte, à mourir de rire ?

Il commençait à m'agacer, alors je lui ai dit :

— Dites-moi vite, cette affaire, c'est quoi au juste ?

— Eh bien voilà… a-t-il commencé avec le plus grand sérieux.

Sur quoi il a eu encore un doute :

— Je ne vais pas te le dire tout de suite, tu le sauras en temps utile, tu vas d'abord venir avec moi.

— Si vous ne me dites rien, je ne bouge pas.

1. Selon l'adage confucéen qui dit qu'un bon dirigeant a soin de ses ouailles comme s'il était à la fois un père et une mère pour elles.

— C'est une affaire qui concerne le secrétaire du Parti.

— Mais c'est quoi, cette affaire ?

— Allez, viens, ce n'est pas comme si je t'emmenais au terrain d'exécution.

— Je ne me sens pas tranquille.

— Tu n'as pas à t'inquiéter, on va tout arranger.

Je m'apprêtais à lui poser une autre question quand il m'a dit, le doigt pointé sur mon visage :

— Cette affaire, il n'y a que toi et moi qui sommes au courant, on n'a pas besoin d'un tiers, même tes parents ne doivent rien savoir ; alors, s'il arrive par mégarde que quelqu'un d'autre en ait vent, je te tiendrai pour responsable.

— Mais puisque je n'en ai pas la moindre idée, comment pourrais-je en parler à quelqu'un d'autre ?

— Ecoute, cette histoire, moins tu en sais, mieux c'est. Ce qu'on te demande, c'est de rendre un service glorieux, mais difficile. Point. Et maintenant tu vas venir avec moi.

Sur ce, je n'ai plus posé de questions.

Le secrétaire a eu un mal fou à faire démarrer la vieille jeep toute déglinguée ; ils ahanaient tous les deux comme un vieux buffle à bout de souffle.

Cette vieille jeep était en fait la voiture de fonction du secrétaire du Parti. Aussi, en me voyant assis sur le siège à côté du conducteur, bien des gens du village ont été stupéfaits ; un homme plus très jeune est même accouru passer la tête par la vitre pour me demander :

— Alors, ça y est, tu vas devenir cadre national ?

Le secrétaire a eu une expression de mépris et l'a fait dégager :

— Tire-toi, on a des affaires importantes à régler.

Sur quoi il a mis la jeep en route et on est partis.

J'ai entendu l'homme crier derrière nous :

— Hé, quand tu seras devenu cadre national, ne nous oublie pas !

Par la suite, j'ai entendu dire qu'après mon départ dans cette jeep officielle, beaucoup de gens du village étaient allés demander à mes parents si c'était vrai que j'étais devenu cadre national. Comme mes parents leur ont répondu qu'ils n'en savaient rien, cela en a déçu plus d'un.

Le secrétaire s'est arrêté à la porte d'une école au chef-lieu du district.

Nous sommes descendus de voiture et le secrétaire m'a conduit à l'intérieur. Il y avait là des gens qui allaient et venaient ; le secrétaire leur a souri et ils lui ont répondu par un sourire. Puis le secrétaire et moi sommes allés nous asseoir dehors, à l'ombre d'un arbre, à côté d'une rangée de salles de classe. Ce jour-là, il faisait très chaud, toutes les fenêtres des salles étaient ouvertes.

Je lui ai demandé pourquoi nous étions venus ici, mais il ne m'a pas répondu. Il m'a juste dit qu'il allait acheter deux bouteilles de soda et qu'il revenait tout de suite, je devais l'attendre là sans bouger.

Peu après son départ, une boulette de papier froissé

a volé de l'une des fenêtres et je l'ai vue tomber juste devant moi, mais je n'y ai pas fait attention.

Le secrétaire est revenu très vite, deux bouteilles de soda à la main. Il avait déjà bu la moitié de celle qu'il tenait dans la main droite et m'a tendu celle qu'il tenait dans la main gauche en disant :

— Tiens, bois, c'est frais, ça fait du bien !

J'en ai aussitôt bu plus de la moitié d'un trait.

C'est alors que le secrétaire a remarqué la boulette de papier qui était par terre devant moi et m'a demandé en la montrant :

— D'où elle vient, cette boulette de papier ?

Je lui ai expliqué qu'elle était tombée de la fenêtre d'en face.

— Et pourquoi tu ne l'as pas dit plus tôt ?

— Dit quoi ?

— Que cette boulette de papier avait volé par la fenêtre.

— Et pourquoi ça ? ai-je continué sans comprendre.

Le secrétaire m'a lancé un regard en coin, a ramassé la boulette de papier, jeté les bouteilles qu'il avait à la main et m'a entraîné en disant : « Allons-y. »

Il m'a emmené dans la salle des professeurs. Il y avait là un bureau couvert d'une masse de cahiers qu'il a poussés sur le côté avant de me faire asseoir sur une chaise. Puis, d'un air extrêmement sérieux, il a défroissé la boulette de papier et me l'a montrée. J'ai vu qu'y étaient écrits deux caractères griffonnés tout de guingois qui disaient « un incident ».

— C'est quoi ? ai-je demandé.
— C'est un sujet de dissertation.
— Et pourquoi vous me le montrez ?
— Tu dois écrire la dissertation.
— Pourquoi ?
— Arrête de poser des questions, tu peux l'écrire ou pas ?
— Bien sûr que je peux, j'ai déjà fait une rédaction sur ce sujet quand j'étais à l'école.
— Alors écris-la, un millier de caractères et c'est bon.
J'ai regardé le secrétaire d'un air perplexe. Mais il a juste ajouté :
— Vas-y, je reviens la chercher dans une heure.
Il a posé sa montre sur la table devant moi et il est parti.
A peine une minute plus tard, il a entrouvert la porte et a passé la tête pour me dire :
— Et surtout applique-toi, il faut que ce soit très bien écrit.
J'ai eu peur qu'il revienne sans cesse me casser les pieds, alors je lui ai dit :
— Pas de problème, ce sera super bien écrit.
Il a ôté sa tête de l'entrebâillement de la porte et il est parti.

J'ai commencé à écrire sans avoir la moindre idée du but de l'opération. Mais je n'arrivais pas à trouver autre chose que ce que j'avais écrit dans ma rédaction à l'école. J'ai donc noté sur une feuille les phrases qui me revenaient à l'esprit.

J'avais terminé au bout d'une demi-heure. Comme il me restait du temps, je me suis mis à compter les caractères. La première fois, j'ai trouvé mille cent seize caractères. J'ai recompté une deuxième fois et je suis arrivé au même résultat. Je n'ai donc pas recompté une troisième fois.

J'ai regardé la montre, il restait encore dix minutes. Mais le secrétaire est entré et m'a demandé :

— Tu as déjà fini ?

— Oui, j'ai fini plus tôt, je vous attendais.

— Je ne pensais pas que tu aurais fini si vite, relis encore une fois.

— Ce n'est pas la peine, je l'ai déjà fait.

— Cette fois, c'est différent de l'école, a insisté le secrétaire.

Il commençait à m'énerver, alors je lui ai répondu carrément :

— Je ne sais pas écrire autrement.

— Combien de caractères ? m'a-t-il encore demandé.

— Mille cent seize.

— Bien, m'a-t-il lancé, sur quoi il a pris la feuille et il est sorti.

A midi, il est revenu me dire qu'il m'emmenait déjeuner au restaurant.

Nous nous sommes assis à une table sur le côté, mais il n'a rien commandé. Comme je protestais que je voulais quelque chose à manger car j'avais faim, il m'a acheté un petit pain en attendant et m'a regardé le manger sans rien dire.

Je venais de le finir quand est entrée une fille qui devait avoir dans les seize ou dix-sept ans. Quand il l'a vue, le secrétaire s'est levé précipitamment pour l'inviter à s'asseoir, mais elle est restée debout en disant :

— Mangeons un morceau rapidement, je n'ai pas beaucoup de temps.

— Très bien, très bien, a hâtivement opiné le secrétaire.

Après m'avoir examiné avec attention, elle est sortie en déclarant :

— Quand vous aurez fini, venez me trouver, je vous attends dehors.

Le secrétaire a commandé quelques en-cas à manger sur le pouce, ce qui m'a mis en colère.

— Quoi ? Vous n'aviez pas dit que vous m'invitiez au restaurant ?

— Ce midi, a-t-il répondu, on va se restaurer comme ça et ce soir je t'emmènerai faire un bon repas.

Je n'ai pas eu le temps de lui répondre, il a ramassé sa commande et il est sorti.

La fille nous attendait à l'ombre d'un arbre. Le secrétaire a sorti les victuailles du sac et lui en a donné.

Il m'en a donné à moi aussi, mais je n'ai rien pris, et il a commencé à manger.

La fille me regardait tout en mangeant et elle a fini par me demander :

— Pourquoi tu ne manges pas ?

— J'ai déjà mangé, lui ai-je dit.

— Qu'est-ce que tu as mangé ?

— Un petit pain, ai-je répondu sèchement.

Elle s'est tournée vers le secrétaire :

— Comment se fait-il que vous ne lui ayez donné qu'un petit pain pour le déjeuner ?

— En fait, a répondu très vite le secrétaire, j'avais prévu que nous mangerions au restaurant, mais j'ai eu peur qu'on n'ait pas assez de temps, alors j'ai changé d'avis.

— Ah, si c'est comme ça, on ira ce soir, a dit la fille.

Je ne faisais pas trop attention à ce qu'ils disaient. Après avoir fini de manger, la fille s'est adressée à moi :

— La dissertation d'aujourd'hui, c'est toi qui l'as écrite ?

— Oui, c'est moi.

— C'est très émouvant, ce que tu as écrit ; je suis sûre que cette fois-ci je vais réussir mon examen d'entrée à l'université.

Je l'ai regardée, bouche bée. Puis je me suis tourné vers le secrétaire pour lui demander ce que cela voulait dire. Il m'a expliqué :

— C'est la fille de notre secrétaire du Parti. Cette année, elle se présente à l'examen d'entrée à l'université.

J'étais stupéfait. La fille a vu ma mine ébahie et elle a dit au secrétaire :

— Je croyais qu'il savait.

— Pour que tout cela reste confidentiel, je ne lui avais rien dit. Mais ce n'est pas grave, nous sommes du même canton.

— Ta dissertation est vraiment très bien écrite, m'a dit la fille en se tournant vers moi, en la recopiant j'étais terriblement émue.

Comme je la regardais sans rien dire, éberlué, elle a ajouté :

— En recopiant, je n'ai pu m'empêcher de verser quelques larmes, que j'ai essuyées du revers de la manche ; le surveillant s'en est aperçu et il est venu me demander ce qui se passait, alors je lui ai dit que j'étais bouleversée par ce que j'écrivais. Ta dissertation doit être très bonne, m'a-t-il dit en riant, mais essuie vite tes larmes avant de terminer.

Sur ces paroles, elle s'est mise à rire et en la voyant ainsi hilare, nous avons ri avec elle, le secrétaire et moi. Mais elle m'a encore demandé :

— Cette histoire que tu as écrite, elle est vraie ou pas ?

— Quand j'étais à l'école, l'instituteur m'a posé la même question.

— Et qu'as-tu répondu ?

— Je lui ai dit que ce n'était pas une histoire vraie, que je l'avais inventée.

— Ah, m'a-t-elle dit, je pensais que c'était vrai, mais c'est quand même très émouvant.

Et sans laisser au secrétaire le temps de réagir, elle a déclaré :

— Bon, je vous laisse discuter encore un peu, moi, je vais faire un petit somme.

Elle s'est calée contre l'arbre derrière elle et elle s'est endormie, en émettant même quelques très légers ronflements. Voyant mon étonnement, le secrétaire a expliqué :

— La fille de notre secrétaire du Parti a cette étrange habitude : tous les après-midi, à cette heure-ci, elle doit faire un petit somme, mais elle n'a pas besoin de s'allonger, elle peut très bien somnoler debout.

J'ai de nouveau jeté un regard étonné sur elle ; au bout d'une dizaine de minutes, elle s'est réveillée et nous a dit :

— Bien, maintenant il faut que je retourne passer mes examens, à ce soir pour un bon repas au restaurant !

De retour au village, cette dissertation qui avait pour sujet « un incident » ne cessait de tourner et retourner dans mon esprit, si bien que j'ai fini par en écrire une nouvelle version d'après ce dont je me souvenais, et j'ai envoyé le texte au journal.

Un mois plus tard, le secrétaire du canton est venu me trouver et m'a demandé :

— C'est toi qui as envoyé un manuscrit au journal ?

Après un instant d'hésitation, je lui ai répondu que oui. Alors il m'a dit :

— Hier, le journal a téléphoné au chef-lieu du canton pour savoir si ce que tu racontais était une histoire vraie ou fictive.

Je lui ai répondu, non pas que c'était fictif, mais que je l'avais inventé.

— Je le sais bien que tout ce que tu écris, tu l'inventes, mais le journal n'a pas précisé de quelle histoire il s'agissait. Que leur as-tu envoyé ?

— Oh, c'est une petite chose sans importance que j'ai écrite sans trop y penser.

Il a cessé de me poser des questions. Comme il

m'avait apporté un paquet de cigarettes, je l'ai ouvert et j'en ai allumé une en demandant :

— Alors, quand est-ce que vous m'invitez au restaurant du chef-lieu du district pour faire un bon repas ?

— Ah, toi alors, m'a-t-il dit en riant, tu n'as pas oublié ?

— Sûr, ai-je répondu en riant à mon tour, je me rappelle que ce jour-là je crevais de faim et que je n'ai eu en tout et pour tout qu'un petit pain à me mettre sous la dent.

— Je vais réparer ça, a-t-il affirmé en riant, je vais t'emmener sous peu dans la jeep officielle du canton faire un bon gueuleton.

J'ai continué à rire, sans plus rien dire.

— Tu ne me crois pas ? m'a-t-il demandé.

— Mais si, mais si, ai-je répliqué.

Au moment où il repartait, j'ai pris quelques œufs dans notre poulailler et je les lui ai donnés en demandant :

— Cette fille, elle a réussi son examen d'entrée ?

— Quelle fille ? Tu veux dire, la fille du secrétaire du Parti de notre canton ?

Je lui ai fourré les œufs dans les poches en riant.

— Oui, elle l'a réussi, a-t-il répondu, elle continue maintenant ses études à l'université dans la capitale de la province. Son père est ravi, il m'a dit de bien te remercier.

— Très bien, très bien, être admis à l'université, c'est une bonne chose.

— Mais toi qui écris si bien, comment se fait-il que tu ne sois pas allé à l'université ?

— Ah ça, ai-je répondu en riant, ce sera sans doute pour la génération après moi.

Mes paroles l'ont surpris et il s'est mis à rire lui aussi. Mais il a vite repris un air très sérieux :

— Même si cette histoire est terminée, il faut qu'elle reste confidentielle. Il n'y a que nous trois à être au courant, il nous faut rester muets comme une tombe.

J'ai opiné de la tête pour bien montrer que c'était d'accord.

Un mois plus tard, j'ai reçu un exemplaire du journal. Dans la rubrique *Lettres et arts*, il y avait le texte que je leur avais envoyé. J'ai remarqué que sous le titre *Un incident*, ils avaient ajouté le mot *nouvelle* entre parenthèses ; et à droite, en dessous, il y avait mon nom. Pourtant, en voyant tous ces caractères serrés sur la page, j'ai soudain eu le sentiment que ce n'était pas moi qui avais écrit cela, que c'était quelqu'un d'autre.

Deux jours plus tard, beaucoup de gens étaient déjà au courant. Le secrétaire est venu me trouver au volant de la jeep officielle. Quand il m'a vu, il m'a dit tout de go :

— Bravo pour la nouvelle publiée dans le journal. Le secrétaire du Parti est très content, lui aussi, et m'a tout spécialement demandé de te transmettre ses félicitations. Il m'a aussi chargé de t'offrir un bon repas au restaurant du chef-lieu du district.

— On peut vraiment dire que c'est une nouvelle ?

— Rappelle-toi, la dernière fois, je t'ai demandé si ce que tu avais écrit était une histoire vraie ou pas ; quand tu m'as répondu que non, que c'était une fiction, tout de suite j'ai compris que c'était une nouvelle.

— Je n'ai pas dit que c'était une fiction, j'ai dit que c'était une histoire que j'avais inventée.

— C'est bien ce que ça veut dire : une nouvelle, c'est une histoire inventée.

J'ai fait « ah » d'un air songeur. Puis il m'a dit d'un air songeur, lui aussi :

— Comment se fait-il que ce titre me semble aussi familier ?

— Ah bon ?

— Oui oui, a-t-il insisté.

— Vous ne vous souvenez pas ?

— Non, je ne me souviens pas.

— Lu Xun a écrit une nouvelle qui s'appelait *Un incident*. C'est à cela que vous pensez, non ?

Le secrétaire a été comme frappé d'une illumination soudaine :

— Mais oui, c'est bien à cette nouvelle que je pensais. Mais je ne me rappelle plus ce qu'elle raconte.

— Eh bien, elle raconte un incident, ai-je dit en riant.

Beaucoup de gens au village étaient au courant de l'histoire, mais ils ont été encore plus étonnés quand ils ont vu qu'on était venu me chercher dans la jeep officielle. Le même homme d'âge mûr que la fois précédente a passé la tête par la fenêtre de la voiture et m'a demandé :

— Alors, cette fois, t'es devenu cadre national pour de vrai ?

— Mais non, ai-je répondu en riant, j'ai juste publié un article dans le journal de la province.

— Publié, ça veut dire quoi, publié ?

— Ça veut dire que dans le journal de la province il y a un article que j'ai écrit.

Il a eu l'air encore plus enthousiaste :

— Mais c'est bien plus formidable que de devenir cadre national ! Et ils t'ont payé combien ?

— Dix yuans, ai-je répondu sans réfléchir.

— Ah, j'te crois pas ! s'est-il exclamé.

— Si, je te raconte pas d'histoires.

— Mais c'est pas assez, vraiment pas assez. Faut qu'ils te donnent plus !

Le secrétaire l'a fait déguerpir. Et cette fois, il m'a vraiment emmené manger un bon repas au restaurant du chef-lieu du district.

Un mois plus tard, j'ai effectivement reçu dix yuans en tout et pour tout du journal.

Le mois suivant, la fille du secrétaire du Parti du canton est venue me voir au village.

J'ai été tellement surpris, en la voyant, de l'honneur qu'elle me faisait que je me suis écrié :

— Ah, la fille qui dort debout !

Elle a eu l'air furieuse :

— Tu pourrais m'appeler par mon nom au lieu de m'apostropher de la sorte, c'est vraiment désagréable !

— C'est quoi, ton nom ? Je ne sais pas comment tu t'appelles.

— Comment ? s'est-elle exclamée. Tu ne sais même pas comment je m'appelle ? On ne te l'a pas dit, la dernière fois ?

— Non, on ne me l'a pas dit, je n'en sais vraiment rien.

Elle s'est un peu calmée :

— Pardon, je croyais que tu le savais, je m'appelle Drolma.

Cette fois, c'était à mon tour d'être surpris :

— Ah, par exemple, toi aussi tu t'appelles Drolma !

— Comment ça ? Tu as une petite amie qui s'appelle Drolma ?

— Mais non, mais non, je n'ai pas de petite amie, c'est ma mère qui s'appelle comme ça.

Elle a éclaté de rire.

— Et pourquoi es-tu venue me voir ?

— Comment ça, pourquoi ? Je n'ai pas le droit de venir te voir ?

— Mais si, mais si.

— J'ai lu ta nouvelle *Un incident* dans le journal, m'a-t-elle expliqué au bout d'un instant.

— Désolé, ce n'est pas génial, me suis-je excusé.

— C'est moi qui aurais dû la signer, a-t-elle dit en riant, comment se fait-il qu'elle soit publiée sous ton nom ?

J'étais un peu embarrassé :

— Je n'aurais peut-être pas dû l'envoyer au journal, mais je n'ai pas pensé qu'ils publieraient mon texte.

— Je plaisante, a-t-elle dit en riant, c'est toi qui l'as écrit. Quand je l'ai lu, à l'époque, j'ai trouvé que c'était super bien écrit et que j'aurais sûrement une très bonne note à ma dissertation.

— Je suis très content que tu aies été admise à l'université.

— Tu es libre ? Je t'emmène manger au restaurant du chef-lieu du district.

— C'est fait, le secrétaire m'y a déjà invité.

— La dernière fois c'était lui, et cette fois c'est moi.

— Alors c'est moi qui t'invite. Le journal m'a payé, je me sens bien plus à l'aise pour le faire.

— Combien le journal t'a-t-il donné ?

— Dix yuans.

— Si peu ! Je pensais qu'on pouvait gagner plein d'argent en publiant des articles dans le journal.

— Non, c'est dix yuans. Mais c'est suffisant pour un modeste repas pour nous deux.

— Bon, d'accord pour un modeste repas. Cette fois je te laisse m'inviter, comme ça, tu ne te sentiras pas coupable, tu pourras avoir la conscience en paix.

Au moment de partir, j'ai pris en passant quelques œufs dans le poulailler pour les lui donner.

Elle les a pris et s'est mise à bâiller :

— Je sens le sommeil qui vient. Il faut que je fasse un petit somme debout, une dizaine de minutes.

— Très bien, lui ai-je dit précipitamment, mais donne-moi d'abord les œufs.

Elle me les a rendus et s'est endormie, appuyée contre un arbre, en ronflant très légèrement.

Je l'ai revue plus d'un an plus tard.

Cet été-là, je participais à une formation pour les correspondants spéciaux organisée par le journal de la province. Elle est venue me voir un jour vers midi. Comment elle pouvait savoir que j'étais là, je n'en avais aucune idée mais je ne le lui ai pas demandé.

Je l'ai trouvée changée, de manière indéfinissable. Elle m'a regardé timidement et m'a dit :

— Viens, je t'invite à déjeuner.

— Tu es étudiante, lui ai-je répondu, c'est moi qui t'invite.

— Non, ça ne fait rien, c'est moi qui t'invite.

Je n'ai pas insisté, à la place, je lui ai demandé :

— Tu as toujours l'habitude de faire un petit somme debout ?

— Bien sûr, a-t-elle répliqué en riant, comment pourrais-je faire autrement ? J'ai pris cette habitude toute petite en classe. Chaque fois que l'instituteur me prenait en train de lire un livre au lieu d'étudier, j'étais punie, et la punition était de rester debout ; alors j'en profitais pour somnoler les yeux ouverts.

— Ha ha, ai-je dit en riant, c'est comme ça que tu es devenue la fille qui dort debout !

— Je me souviens, quand tu m'as appelée ainsi, la dernière fois, ça m'a paru bizarre ; aujourd'hui ça me va, je trouve même ça très sympa. Pour dire la vérité, personne d'autre ne m'a jamais appelée ainsi.

J'ai eu un rire un peu gêné.

— Comment vas-tu, m'a-t-elle demandé, tu as une petite amie ?

— Non, ai-je répondu en secouant la tête.

— Comment se fait-il que tu n'en aies pas encore trouvé une ? Moi, j'ai un petit ami.

— Ah ! c'est super, ai-je commenté.

— Oui, il m'aime beaucoup et moi aussi.

— Formidable !

— Oui, mais j'ai un problème, m'a-t-elle confié.

— Comment ça ?

— Tu te rappelles le secrétaire de mon père ?

— Bien sûr que je m'en souviens, qu'est-ce qui se passe ?

— Il n'arrête pas de me harceler ; il m'envoie une lettre d'amour toutes les semaines.

— Qu'est-ce que tu vas faire ?

— Je sais qu'il m'aime depuis la terminale, mais moi je ne l'aime pas.

— En fait, il n'est pas si mal que ça, la dernière fois il m'a invité au chef-lieu du district et m'a offert un bon déjeuner.

Elle a éclaté de rire :

— Ah, toi alors !

— Quoi, moi alors ?

— Il suffit que quelqu'un t'offre un bon repas pour que tu chantes ses louanges. C'est bien pour ça que je t'invite.

— Non, je suis pas d'accord, ça peut m'arriver aussi dans d'autres circonstances.

— Ah, laisse tomber, tu ne comprends rien.

Je n'ai rien répondu. C'est alors qu'elle m'a dit, avec un soupir :

— Je sens le sommeil venir, il va falloir que fasse un petit somme devant la porte.

— Tu devrais t'allonger un moment sur le lit.

— Ce n'est pas la peine, je peux m'assoupir un moment debout.

Quand je l'ai revue, c'était deux ans plus tard, à son mariage. Le jeune marié, c'était le secrétaire du canton. Ils m'avaient envoyé un carton d'invitation. Au début, j'ai hésité, et puis finalement j'y suis allé.

Il y avait énormément de monde au mariage, et beaucoup de gens que je ne connaissais pas. Elle venait de terminer l'université et avait été affectée à un poste au chef-lieu de notre district. Et lui, c'était le secrétaire de notre canton. Comme ils faisaient la tournée de leurs invités, ils se sont arrêtés pour trinquer avec moi. Tout en la tenant par la taille, le secrétaire m'a dit :

— Allez, trinquons tous les deux !

J'ai vidé mon verre en débitant les formules d'usage :

— Tous mes vœux de bonheur, puisse le ciel vous envoyer vite un fils.

Pendant ce temps, elle gardait les yeux fixés sur moi, mais elle m'a juste dit :

— Merci d'être venu !

— Comment aurais-je pu ne pas venir au mariage de la fille qui dort debout ! lui ai-je répondu en riant.

— Maintenant, je ne vais plus être la fille qui dort debout, mais la femme qui dort debout, m'a-t-elle dit en riant elle aussi.

— Quelle différence cela fait-il ?

— Une énorme différence, mais comme tu n'es pas marié, tu ne peux pas savoir.

— Ah bon ?

— Oui, il faut que tu te trouves une femme et que tu te maries.

— On en reparlera, ai-je répliqué.

Elle a continué :

— J'ai lu toutes les nouvelles que tu as écrites.

— Ah oui, tout cela, c'est de l'invention pure.

— C'est bien fait, j'aime beaucoup.

— Aujourd'hui, tu n'es pas comme d'habitude, ai-je remarqué.

Elle a continué à me regarder, sans rien répondre.

Le jeune marié, lui, continuait le tour des invités. A ce moment-là, l'animateur de la fête est venu les chercher. En s'éloignant, au bout de quelques pas, elle s'est retournée pour me jeter un coup d'œil. Je n'ai pas compris ce qu'il signifiait, mais ce qu'il y a de sûr, c'est que je ne l'ai pas oublié, il est resté gravé dans ma mémoire.

L'animateur leur a demandé de raconter à leurs invités les circonstances dans lesquelles ils s'étaient connus et comment ils étaient tombés amoureux. Le secrétaire s'est lancé avec enthousiasme dans ce récit, mais en l'écoutant, je pensais que soixante-dix pour cent de ce qu'il racontait était de l'invention pure, exactement comme ce qu'on appelait mes nouvelles. Debout dans un coin, je la regardais de loin, aux côtés de son mari. Elle affichait un sourire forcé et n'avait pas l'air très à l'aise.

Je l'ai vue ensuite appuyer la tête contre l'épaule du jeune marié, un sourire aux lèvres, l'image même d'un doux bonheur. Mais j'ai soudain réalisé qu'elle était en réalité en train de faire un petit somme debout.

Quand je l'ai revue, elle était déjà la mère d'un enfant.

Ce jour-là, j'étais allé au chef-lieu du district régler une affaire et je l'ai rencontrée à un carrefour. Quand elle m'a vue, elle s'est arrêtée ; elle avait dans les bras le bébé qui pleurait.

Je me suis approché et j'ai regardé l'enfant. C'était un beau bébé qui avait l'air de n'avoir pas encore un an. Elle me regardait sans se préoccuper de ses pleurs.

— C'est un garçon ou une fille ? ai-je demandé.

— Une fille, a-t-elle dit.

— Elle te ressemble beaucoup.

Elle a éclaté de rire, d'un rire un peu forcé, et m'a demandé :

— C'est vrai ?

— Oui, ai-je répondu sans trop savoir que dire de plus.

Elle a jeté un coup d'œil à l'enfant et n'a rien ajouté.

— Et lui ? ai-je repris.

— Tu ne sais pas qu'il a été promu chef du canton ?

— Non, je ne savais pas.

— Si tu as un problème, tu peux aller le voir, a-t-elle suggéré.

— Je n'ai pas de problème, ai-je répondu.

Alors elle a changé de sujet de conversation.

— Viens, je t'invite à déjeuner.

— D'accord, ai-je répondu après un instant d'hésitation.

Nous sommes allés dans un restaurant très calme. Elle a commandé un grand nombre de plats et comme je lui disais que c'était beaucoup trop pour nous deux, elle a répliqué que je n'étais pas obligé de tout manger. J'ai un peu picoré, mais elle, elle n'a rien mangé.

— Tu nourris le bébé ? ai-je demandé.

Elle m'a regardé d'un air étonné et elle a ri :

— Je n'aurais pas cru que tu t'y entendes dans ce domaine.

— Quand je suis né, lui ai-je expliqué, ma mère n'avait pas de lait, alors mon père a acheté une vache. J'ai été nourri au lait de vache.

— C'est super, a-t-elle dit.

Sans aucune gêne, elle a sorti un sein pour nourrir le bébé. J'ai regardé son visage un moment puis je lui ai demandé :

— Comment vas-tu ? Je trouve que tu as changé, tu n'es pas heureuse ?

— Tu trouves que je n'ai pas l'air heureuse ?

Je n'ai rien répondu. Alors, après un silence, elle m'a dit :

— Je ne l'aime pas, alors je ne peux pas être heureuse avec lui.

— Mais alors, pourquoi l'as-tu épousé ?
— Il m'a forcée à l'épouser.
— Comment ça, forcée ? ai-je demandé, stupéfait.
— A cause de ce devoir que tu as écrit sur un incident.
Je ne comprenais toujours pas.
— Comment ça ?
— Après avoir écrit la rédaction, tu la lui as donnée. Et quand j'ai été admise à l'université, il m'a menacée de dévoiler toute l'histoire si je ne devenais pas sa petite amie. Ensuite…
J'ai compris tout à coup.
— Je n'aurais jamais cru qu'il soit comme ça, ai-je dit.
— Ah, n'en parlons plus, c'est le destin.
Le bébé s'étant remis à pleurer, elle lui a glissé une tétine dans la bouche et il s'est calmé. Comme je l'observais, ses yeux m'ont paru briller d'une lueur pleine de tendresse. Le bébé s'est peu à peu apaisé et s'est endormi. Alors elle l'a posé à côté d'elle et s'est tournée vers moi, mais je n'arrivais pas à deviner ce qu'elle pensait et la manière dont elle me regardait me mettait légèrement mal à l'aise ; alors je lui ai demandé :
— Tu continues à faire des petits sommes debout ?
Elle a détourné le regard et m'a répondu en poussant un soupir :
— Depuis mon mariage, ça m'a passé. Parfois, quand je suis fatiguée, j'ai envie de faire une petite sieste debout, mais je n'arrive plus à m'endormir.

— C'est très bien, lui ai-je dit, ce n'était pas une bonne habitude.

Elle a ri et s'est levée en disant :

— Il faut que j'aille voir mon père.

— Qu'est-ce qu'il a ?

— Il est malade, il est à l'hôpital.

— Mais il est toujours le secrétaire du Parti de notre canton ?

— Ah, toi alors ! s'est-elle exclamée, tu n'es vraiment pas au courant des nouvelles. Ça fait longtemps qu'il ne l'est plus, il a pris sa retraite il y a deux ou trois ans.

— Si c'est possible, j'aimerais bien aller le voir, moi aussi.

Elle m'a sondé du regard et m'a dit :

— D'accord, allons-y.

Quand j'ai vu son père à l'hôpital, je l'ai trouvé très amaigri, il n'avait plus que la peau sur les os. Alors je lui ai dit de manière un peu incongrue :

— Dans le temps, on m'a fait remarquer qu'on n'avait pas le droit de dire que vous étiez très gros ; mais maintenant, comment se fait-il que vous ayez tellement maigri ?

Un misérable sourire s'est dessiné sur son visage et il m'a répondu :

— Eh oui, vous voyez, je suis d'un coup devenu maigre comme ça.

Il a ajouté que cela faisait longtemps qu'il avait entendu parler de moi et qu'il voulait me remercier d'avoir aidé sa fille à écrire sa dissertation.

— Je n'aurais pas dû l'écrire, ai-je dit.

— Moi non plus, je n'aurais pas dû me prêter à ce genre de chose, a-t-il déclaré, si je l'ai fait, c'est parce que c'était ma fille unique.

J'ai tenté de le réconforter, mais j'ai bien vu à l'expression de son visage que les paroles de consolation n'avaient aucun effet sur lui.

Il est mort six mois plus tard. Ce n'est pas elle qui me l'a appris, c'est quelqu'un d'autre. Je suis allé aux funérailles exprès pour la voir. Quand je suis arrivé, la cérémonie était déjà terminée, il ne restait plus grand monde. Une petite fille était assise sur ses genoux et riait : le bébé avait pas mal grandi.

Comme je ne voyais pas son mari, je lui ai demandé :

— Et lui ?

— Il est reparti dès les funérailles terminées en disant qu'il avait beaucoup de travail, a-t-elle répondu.

Je n'ai rien ajouté, mais elle a continué :

— Je voudrais divorcer, mais il n'est pas d'accord.

— Ta fille est grande, si tu peux le faire, tu devrais.

— Vivre ainsi, c'est pire que la mort.

Alors j'ai insisté :

— Divorce donc, qu'est-ce qui t'en empêche ?

— Il me menace toujours avec cette rédaction, a-t-elle expliqué.

— Je suis désolé, c'est de ma faute.

Mais elle a rétorqué en riant :

— Sans cette rédaction, comment aurais-je pu faire ta connaissance ?

Je l'ai regardée sans rien répondre. Soutenant mon regard, elle a ajouté :

— Merci d'être venu me voir.

— C'est bien normal, cela fait si longtemps qu'on se connaît.

Elle avait l'air terriblement triste et pâle. J'avais l'impression que ce n'était pas la même personne que j'avais devant moi.

Au moment du Nouvel An, je suis allé au chef-lieu du district et j'ai rencontré son mari.

Il avait une mine plutôt morose lui aussi. Mais il a eu l'air très content de me voir.

— Tu as une minute ? m'a-t-il dit. Je t'invite dans le meilleur restaurant de la ville.

— Après tant d'années, ai-je répondu en riant, vous vous souvenez encore de ça ?

— Bien sûr que je m'en souviens.

Nous sommes donc allés dans un restaurant de première classe.

Il a commandé des plats très chers mais en telles quantités que j'aurais été bien incapable de tout manger.

On a laissé les plats sur la table refroidir un peu. En attendant, il a bu quelques verres et son visage s'est peu à peu empourpré. Au début, je l'ai juste regardé boire, sans l'accompagner. Puis, comme il m'y invitait, je me suis mis à boire, moi aussi.

Après avoir vidé toute une bouteille, il m'a dit :

— J'ai entendu dire qu'après la mort de son père, tu étais allé la voir ?

— Oui, mais vous n'étiez pas là. Elle m'a dit que vous aviez beaucoup de travail et que vous étiez reparti au chef-lieu du canton.

— C'est vrai, a-t-il confirmé.

— A ce moment-là, vous auriez dû rester avec elle pour la soutenir, non ?

— Elle m'a dit que ce n'était pas la peine, a-t-il répliqué. Et il s'est mis à pleurer.

Je lui ai dit quelques mots pour le réconforter, mais cela n'a eu pour effet que de le faire pleurer encore plus.

— Je l'aime tant, a-t-il déclaré au milieu de ses pleurs, je l'aime depuis qu'elle est au lycée.

Tout en parlant, il m'avait enlacé ; je ne savais plus que dire ni que faire.

— Je l'aime de tout mon cœur, a-t-il dit en me serrant très fort, je suis sincère, tu me crois ?

— Oui, je vous crois, l'ai-je assuré.

— Alors, pourquoi est-ce qu'elle ne me croit pas, elle ?

— Je ne sais pas.

Puis il m'a demandé :

— Est-ce que tu l'aimes, toi ?

— Qu'est-ce que vous dites ?

— Elle t'aime, je le sais, a-t-il affirmé.

— Vous avez bu, ai-je répliqué.

Mais il m'a dit :

— Tu devrais l'épouser.

Je me suis senti devenir écarlate ; j'ai avalé quelques verres et j'ai filé.

Un mois plus tard, je suis allé le voir au chef-lieu du canton.

La secrétaire m'a regardé de travers et m'a arrêté à l'entrée.

— Je suis venu voir le chef du canton, ai-je expliqué.

— Il est en réunion, a-t-elle répliqué.

— Je n'en ai rien à faire, il faut que je le voie.

Et comme elle m'empêchait de passer, je l'ai poussée et je me suis précipité à l'intérieur.

Il était effectivement en réunion, mais je suis quand même allé droit sur lui en criant :

— Rendez-moi la rédaction !

Il a tout de suite compris, mais il a déclaré :

— Je ne vois pas ce que tu veux dire, je suis en réunion, on en parlera quand j'aurai fini.

Je l'ai attrapé par le col de sa veste :

— T'as intérêt à me la donner aujourd'hui, sinon tu ne t'en tireras pas comme ça.

Tout le monde nous regardait. Il a rougi jusqu'à la base du cou et s'est mis en colère. Il m'a empoigné par le col pour essayer de me repousser, mais je lui ai asséné un coup de poing qui l'a fait rouler par terre. Des policiers sont arrivés en trombe et m'ont emmené. Je suis resté en garde à vue pendant trois jours, puis ils m'ont relâché.

Quand je suis sorti du poste de police, il m'attendait à la porte.

— Tu as enfreint la loi, a-t-il dit en me voyant, je n'ai rien pu faire pour t'aider.

Comme je ne répondais rien, il a ajouté :

— Il ne faut pas m'en vouloir, allons prendre un verre.

On a beaucoup bu, beaucoup mangé, et beaucoup vomi.

Cette nuit-là, j'ai dormi chez lui et je n'ai retrouvé mes esprits qu'au petit matin. J'avais un mal de tête épouvantable et je me suis littéralement tiré du lit en rampant.

Lui s'était levé très tôt et avait fait cuire un bouillon de mouton en m'attendant. En me voyant arriver, il m'a dit :

— Tiens, bois un peu de bouillon, tu vas voir, ça va faire passer ton mal de tête, tu te sentiras mieux.

Après avoir bu un bol de bouillon, je me suis effectivement senti bien plus en forme. Au moment où j'allais partir, il a sorti une feuille de papier toute froissée et a dit en me la tendant :

— Tiens, prends-la, c'est ta rédaction.

J'ai pris le papier et l'ai regardé attentivement, mais j'ai eu du mal à reconnaître les caractères que j'avais moi-même écrits.

— C'est bien ta rédaction, tu peux me croire, m'a-t-il assuré.

— Je peux vraiment la prendre ?

— Oui, tu peux l'emporter.

Comme je le regardais d'un air un peu décontenancé, il m'a dit :

— Tu dois croire que je suis un misérable sans vergogne.

— Non, non, ai-je répliqué précipitamment.

— En fait, ce papier que tu as entre les mains était un gage de mon amour.

— Ah, me suis-je écrié, l'amour, c'est vraiment compliqué !

— Tu ne sais pas ce que c'est, alors tu ne peux pas comprendre. En réalité, même si elle ne m'avait pas épousé, je n'aurais pas utilisé ce papier pour lui nuire. Je l'aime trop, comment aurais-je pu vouloir lui faire du mal ?

La feuille est restée dans ma poche pendant un mois. Et pendant tout ce mois, je n'ai cessé de penser à ce qu'il m'avait dit en me répétant constamment : L'amour, c'est vraiment compliqué !

A la fin du mois, je suis allé la voir au chef-lieu du district. Et comme je m'apprêtais, sous ses yeux, à allumer mon briquet pour brûler le papier, elle m'a arrêté en disant :

— Attends, laisse-moi la lire encore une fois.

Je l'ai donc laissée faire. Après l'avoir relue attentivement, elle m'a demandé :

— Est-ce que je peux la garder ?

Mais je n'ai pas voulu :

— Ce n'est pas une bonne chose à faire, il vaut mieux que tu me laisses la brûler.

Elle n'a rien répondu. Alors j'ai allumé mon briquet et j'ai enflammé la feuille toute grasse, toute froissée. En brûlant, le papier a dégagé à plusieurs reprises une fumée très bizarre. Absorbée dans sa contemplation, elle avait un regard indéchiffrable.

Un an plus tard, elle a divorcé.

Et l'année suivante, nous nous sommes mariés.

Très souvent, elle appuyait la tête sur mon épaule en me disant :

— Je vais faire un petit somme comme avant.

Alors je me redressais, bien droit, pour qu'elle puisse s'appuyer contre moi. Et appuyée ainsi contre mon épaule, elle paraissait vraiment endormie. Pourtant, au bout d'une dizaine de minutes, elle me disait :

— Non, je n'arrive plus à m'endormir debout comme autrefois.

Je lui disais que ça reviendrait, petit à petit. Et elle me regardait en riant, l'air parfaitement heureuse.

Sa fille avait déjà six ans, elle m'appelait papa et j'en ressentais une immense joie, comme si c'était vraiment ma fille.

Et puis, au bout de dix ans, elle est morte. Cela nous a plongés dans une infinie douleur, sa fille et moi. Par la suite, j'ai souvent pensé aux jours que nous avions passés ensemble, et c'étaient toujours des souvenirs de bonheur. Même au moment de mourir, j'ai trouvé qu'elle avait encore un visage heureux.

C'est avec une expression sereine qu'elle m'a pris la main et m'a dit :

— Il faut absolument que tu aides ma fille à entrer à l'université.

J'ai acquiescé. Alors elle a ajouté avec un soupir :

— Il faut aussi que tu lui apprennes à bien écrire.

J'ai de nouveau opiné en souriant, et comme si elle se remémorait le passé, elle m'a répondu par un sourire très doux. En la voyant sourire ainsi, mes yeux se sont emplis de larmes, et comme je m'efforçais de les retenir, elle m'a dit :

— Laisse-les couler, ça me rappellera le bonheur que tu m'as donné.

Mes larmes, alors, se sont épanchées sur son front.

Un an plus tard, sa fille a eu dix-sept ans. Elle était jolie comme sa mère.

Cet été-là, je l'ai emmenée passer l'examen d'entrée à l'université. A chaque épreuve, je l'attendais à l'extérieur.

Le matin où elle a passé l'épreuve de dissertation de chinois, elle est sortie en courant. A son expression, je n'arrivais pas à deviner si elle était contente ou pas. Je lui ai demandé :

— Alors, comment ça s'est passé ? Quel était le sujet ?

Elle m'a répondu :

— *Attriste-toi d'abord de la tristesse du monde, puis réjouis-toi de sa joie*[1].

— Et tu penses avoir réussi ?

— Je ne sais pas.

— C'est un sujet qui n'était pas facile à traiter.

— Oui, c'était un sujet ardu, je suis très fatiguée.

1. Aphorisme célèbre tiré d'un ouvrage du grand lettré et réformateur Fan Zhongyan intitulé *Le pavillon Yueyang* et datant de 1046 (dynastie des Song).

Je n'ai rien ajouté et je lui ai donné les snacks et la boisson que je lui avais apportés. Mais elle ne semblait pas avoir faim. Comme je la regardais sans comprendre, elle m'a dit :

— Laisse-moi appuyer la tête sur ton épaule, je vais faire un petit somme, dix minutes, pas plus.

DEUX HOMMES DANS LA TÊTE

Cela fait bien des années déjà que l'on dit au village que la vieille mère Ama Nangtso n'a plus toute sa tête.

Elle ne change de vêtements que deux fois dans l'année. De l'été à l'automne, elle porte une épaisse pelisse en peau dont elle s'enveloppe soigneusement comme si elle craignait que le moindre souffle de vent froid ne s'infiltre par une manche ou le col.

En la voyant ainsi, les gens s'esclaffent et lui demandent :

— Ama Nangtso, tu n'as pas trop chaud, habillée comme ça ?

Elle répond en riant elle aussi :

— Non, pas du tout, je me sens très bien dans ce manteau.

Certains hochent la tête et d'autres rient.

Quand arrive l'hiver, en revanche, elle quitte sa pelisse pour mettre le genre de blouse que l'on porte généralement en été, et cette blouse, elle la garde jusqu'au printemps.

A ce moment-là, les gens qui la voient ainsi rient de plus belle et lui demandent :

— Ama Nangsto, tu n'as pas froid, habillée comme ça ?

Elle répond en riant elle aussi :

— Non, pas du tout, je me sens très bien dans cette blouse.

Certains hochent la tête et d'autres rient.

En hiver, donc, elle porte une blouse légère. Certains se rappellent qu'au début c'était une blouse blanche vraiment superbe. Mais, au bout de deux ans, on n'en voyait déjà plus la couleur, on ne savait même plus de quel tissu elle était faite. Puis elle s'est abîmée de plus en plus et il est devenu encore plus difficile d'en distinguer la couleur ou le tissu.

Un hiver, un cadre du canton est venu faire une tournée d'inspection. Voyant la vieille Ama Nangtso habillée ainsi, il s'en est pris au chef du village en le critiquant violemment :

— Il n'y a personne qui veille sur cette vieille femme ?

— Elle n'a pas de famille, a répondu le chef du village, ni frères ni sœurs, ni enfants ni petits-enfants.

Le cadre du canton en est resté bouche bée un instant, puis il a demandé :

— Comment est-ce possible ? Elle n'a pas un seul parent ?

— Non, vraiment aucun, a répondu le chef du village.

— Mais regardez comment elle est habillée en hiver, vous ne pourriez pas vous en occuper un peu, vous, les responsables du village ?

— Mais bien sûr qu'on s'en occupe, on lui donne souvent à manger, par exemple, mais on ne peut pas être tout le temps derrière elle comme le ferait une mère.

— Mais si, c'est possible, a répliqué le cadre.

Le chef du village a baissé la tête sans plus rien dire. Le cadre a ajouté alors :

— Très bien, très bien, si vous, au village, vous n'arrivez pas à prendre soin d'une vieille femme seule et sans ressources comme elle, nous, au canton, on va le faire.

Ce jour-là, le cadre est reparti à toute vitesse, sans rester chez le chef du village manger les côtes de mouton qu'on lui avait préparées.

Quelques jours plus tard, la vieille Ama Nangtso est devenue au village l'unique titulaire d'une assurance vieillesse couvrant nourriture, logement, habillement, soins médicaux et funérailles.

Mais ce n'est pas une assurance qui l'a fait changer d'habitude vestimentaire ; elle s'est même habillée encore plus chaudement en été et en automne, et encore plus légèrement en hiver et au printemps.

C'est pourquoi, lorsque le cadre du canton est revenu en tournée d'inspection au village, le chef du village a enfermé Ama Nangtso à clef chez elle, dans le noir, avec deux personnes à la porte pour la garder.

Quand le cadre du canton a demandé comment elle allait, le chef du village a répondu d'un air réjoui :

— Elle va très bien ; selon les instructions du Parti, elle met des vêtements chauds en hiver, et des vêtements légers et frais en été.

Le cadre du canton était très content et il a dit :

— La prochaine fois que je viendrai, vous m'emmènerez la voir.

Le chef du village a répondu avec enthousiasme :

— Oui, oui, sans faute.

Le cadre du canton a donc loué le travail du chef du village et celui-ci lui a répondu modestement :

— Mais non, mais non, je n'ai fait que ce que je devais faire.

Cette fois-ci, le cadre est resté chez le chef du village manger les côtes de mouton qu'on lui avait préparées et tous deux ont vidé les deux bouteilles de très bon vin qu'avait apportées le comptable.

Après le départ du cadre, le chef du village a ordonné aux deux hommes qui la gardaient de libérer Ama Nangtso. Elle est sortie comme une furie de l'obscurité en hurlant des insanités et elle a couru dans tout le village pendant trois jours et trois nuits. En la voyant ainsi, des vieux villageois pleins de sagesse ont dit au chef du village qu'il fallait faire venir un *tulku* et lui montrer Ama Nangtso, et qu'après elle irait mieux. Le chef du village, la mine sévère, a répondu :

— Vous n'êtes pas nés d'hier, comment pouvez-vous avoir aussi peu de jugeote ? Je suis membre du Parti, je ne peux pas faire ce genre de chose ; mais d'un autre côté, je ne peux pas m'opposer à ce que vous le fassiez.

Comme d'un accord tacite, les vieux ont opiné de la tête.

L'un d'entre eux s'en fut voir Ama Nangtso pour en discuter avec elle. Il remarqua que le bracelet de perles de prière qu'elle avait d'habitude au poignet avait disparu. Trouvant cela bizarre, il lui demanda :

— Ama Nangtso, ton bracelet de prière en perles de santal mauves, où est-il passé ?

Ama Nangtso réfléchit longuement, puis répondit soudain :

— Le bracelet, c'est la souris de la maison qui l'a mangé.

— Quoi, s'écria le vieil homme, une souris l'a mangé ?

— Oui, dit-elle en comptant sur ses doigts, ça fait déjà pas mal de jours.

Comme le vieil homme la regardait, ébahi, elle poursuivit d'un air affligé :

— Le bracelet, la souris l'a grignoté une perle après l'autre ; à chaque perle, elle a grandi un peu, et à la fin, elle a même mangé le cordon sur lequel étaient enfilées les perles.

Le vieil homme marmonna comme pour lui-même :

— Il est grand temps de l'emmener voir le *tulku*.

— Le *tulku* ? demanda-t-elle d'un air égaré.

— Oui, le *tulku*, affirma le vieil homme.

Sur quoi Ama Nangtso sembla se plonger dans de profondes méditations.

Alors, avec l'aide de quelques gaillards, les vieux du village traînèrent de force Ama Nangtso jusqu'au monastère pour lui faire rencontrer le *tulku*.

En la voyant, celui-ci, les yeux fermés, commença par réciter quelques prières, puis leur dit :

— Tout cela est la conséquence des péchés qu'elle a commis dans ses vies antérieures, il n'y a rien à faire.

Cela assombrit considérablement le regard plein d'espoir des vieux du village.

C'est alors qu'Ama Nangtso s'adressa au *tulku* :

— Qui es-tu ? Il me semble t'avoir déjà vu quelque part.

Les vieillards et les hommes venus les aider entreprirent d'appuyer sur la tête d'Ama Nangtso pour la forcer à se prosterner devant le lama. Mais celui-ci les en dissuada de la main en leur disant de la laisser. Ils la lâchèrent donc, et Ama Nangtso se calma.

Le *tulku* prit une amulette dans une niche et la donna au plus âgé des vieillards qui se tenait à l'écart, en lui disant :

— Quand vous serez rentrés, essayez de lui passer ça autour du cou, cela aura peut-être une utilité.

Au village, on vit alors Ama Nangtso avec une amulette rouge autour du cou. Quelle que soit la saison, l'amulette ne quitta plus son cou.

L'hiver arrivé, le temps se refroidit soudain ; on alla fouiller au fond de la malle d'Ama Nangtso pour en sortir une pelisse bien épaisse et la lui passer. Mais elle l'enleva pour remettre sa vieille blouse légère dont une manche avait disparu, il n'en restait qu'une. Malgré le froid, Ama Nangtso ne mettait même plus de chaussures, elle courait pieds nus dans le village. En la voyant ainsi, de loin, les gens disaient non sans inquiétude que sa tête ne s'était pas arrangée.

Il se mit à faire un froid exceptionnellement glacial, il n'y avait pas un chat dans les rues, les gens se calfeutraient dans leurs maisons. Pourtant Ama Nangtso, elle, sortait.

Elle allait pieds nus, d'une allure incertaine, par les ruelles du village, tête levée, elle regardait le ciel, quand celui-ci s'assombrit et se couvrit d'épais nuages noirs ; il faisait tellement froid que les gens avaient du mal à respirer.

— Ah, mais où est donc passé le ciel ? s'exclama Ama Nangtso.

Un homme d'âge mûr qui était dehors devant le mur de sa maison, grelottant dans une pelisse non fourrée, l'apostropha de loin :

— Le ciel a été avalé par les nuages noirs.

Le mur qui fermait sa cour était très haut et le faisait paraître tout petit.

— Comment se fait-il que tu sois si petit ? demanda Ama Nangtso.

— Si tu approches, tu vas voir, je vais grandir.

Ama Nangtso s'approcha et constata :

— Tu as raison, tu es bien plus grand maintenant.

L'homme partit d'un grand éclat de rire, en découvrant toutes ses dents.

Effrayée, Ama Nangtso recula de quelques pas et lui dit :

— Comment se fait-il que, quand tu ris, tu aies l'air d'un loup ?

— Si j'arrive à avoir l'air d'un loup qui rit, c'est parfait, répliqua-t-il.

— Ah, je m'en doutais, dit Ama Nangtso en regardant le ciel, ce sont donc ces nuages noirs qui rient, ces nuages noirs auxquels il est poussé des dents de loup.

L'homme regarda le ciel, puis Ama Nangtso, recula de quelques pas vers le mur et ne dit plus rien.

Alors Ama Nangtso éclata de rire :

— Ces nuages noirs vont ouvrir grand leur gueule et nous avaler. Ils ne vont faire qu'une bouchée de tout le village.

— Ama Nangtso, tu n'as pas la fièvre ? demanda l'homme.

— Non, répondit-elle.

— Alors, pourquoi as-tu le visage si rouge ?

— C'est juste que je suis morte de chaleur.

— Comment peux-tu être morte de chaleur ? s'étonna-t-il.

Ama Nangtso réfléchit un moment :

— C'est parce que, avant de sortir, j'ai bu du bouillon de mouton brûlant, c'était délicieux !

— Et où l'as-tu trouvé, ce bouillon ?

— Je l'ai volé, dit Ama Nangtso en éclatant de rire, hier les voisins ont tué un mouton et ils ont accroché la tête à leur porte, alors je l'ai volée, j'ai enlevé la peau et j'ai fait un bouillon.

L'homme éclata de rire à son tour, mais Ama Nangtso ajouta :

— Je vois que tu trembles de froid, tu devrais venir prendre un bol de bouillon, il m'en reste plein à la maison.

— Non, non, dit l'homme, je préfère te le laisser.

— C'est sûr que je vais le boire, j'en ai pour une bonne quinzaine de jours.

— Quand on tuera un mouton chez moi, je te donnerai la tête pour que tu te fasses du bouillon.

— Comme ça, se réjouit Ama Nangtso, tout sourire, j'aurai de quoi boire du bouillon de mouton pendant trente jours.

L'homme éclata de rire.

— Tu ne devrais pas rire comme ça, lui dit soudain Ama Nangtso, les nuages noirs viennent encore d'avaler un bout du ciel, un gros morceau.

Il s'arrêta aussitôt de rire et la regarda.

Elle dit d'un air étrange :

— Tu n'as pas entendu ? Moi j'ai entendu *crac*, comme le bruit du loup qui croque le cou d'un mouton.

L'homme regarda en l'air avec effroi, en tendant l'oreille vers le ciel pour écouter attentivement.

Mais il n'entendit rien ; il se frotta les oreilles en continuant de scruter le ciel.

— Qu'est-ce que tu fais ? demanda Ama Nangtso.

— J'écoute le bruit que font les nuages noirs en mangeant le ciel.

— Ils en ont mangé un bout, mais c'est tout, dit en riant Ama Nangtso, maintenant ils ont arrêté.

— C'est étrange que je n'aie rien entendu, dit l'homme.

— Attends un peu, dit Ama Nangtso, quand ils recommenceront, je te préviendrai.

— Comment ça ? s'étonna l'homme. Tu sais à l'avance quand les nuages noirs vont recommencer à manger le ciel ?

— Oui, je le sais, dit Ama Nangtso.

— Et comment tu le sais ?

— Ça, je ne sais pas, répondit-elle.

Il la fixa d'un regard étrange.

— Arrête de me regarder comme ça, dit Ama Nangtso.

— Comment ça ?

— Tu me regardes comme un homme regarde une femme, dit Ama Nangtso.

— Je ne suis pas un homme, peut-être ? dit-il en riant. Rien de plus normal, donc, que je sois un homme regardant en ce moment une femme.

— Non, ce n'est pas ce que je veux dire, répliqua Ama Nangtso, ça me rappelle la façon dont, il y a des années de cela, mon mari me regardait.

L'homme s'avança en riant et lui dit :

— Très bien, je ne te regarde plus, alors, c'est à toi de me regarder.

— Moi je ne regarde pas les hommes comme ça, dit Ama Nangtso.

Coupant court à ce qu'elle disait, l'homme lui demanda :

— Sais-tu qui je suis ?

— Non, je ne sais pas, répondit Ama Nangtso.

— Je suis du même village que toi, dit l'homme.

— Je ne sais pas, répéta Ama Nangtso, je ne connais personne.

— En fait, reprit l'homme, toi et moi, nous sommes un peu parents.

— Je ne sais pas, répéta encore Ama Nangtso.

— J'ai entendu dire que la sœur cadette de la mère de la mère de mon père et le frère aîné du père du père de ta mère étaient frère et sœur du même père mais de mère différente.

— Je ne le savais pas, dit Ama Nangtso.

— C'est forcément vrai, affirma l'homme, j'ai souvent entendu les vieux dire ça.

— Je ne me souviens même pas du nom de mon père, dit Ama Nangtso.

— Et le nom de ta mère ?

— Je ne m'en souviens pas non plus.

— Tu es vraiment bizarre.

— Non, je ne suis pas bizarre. C'est juste que j'ai oublié plein de choses.

— Tu ne te souviens même pas du nom de ton père ni de celui de ta mère, et tu trouves que tu n'es pas bizarre ?

Ama Nangtso se mit à trembler de tout son corps et une expression étrange envahit son visage en se glissant entre ses rides. Elle fit un geste pour le faire taire et murmura d'une voix étouffée :

— Vite, écoute, les nuages noirs vont engloutir le ciel.

L'homme fit silence et se frappa les oreilles, en les orientant vers le ciel couvert de nuages noirs.

Il resta ainsi pendant une bonne minute.

— Tu as entendu, cette fois ? demanda Ama Nangtso. Les *crac* étaient bien plus forts que la dernière fois.

Mais l'homme, en se dressant droit comme un I, répondit d'un ton désespéré :

— Quoi ? Ils ont de nouveau mangé un morceau du ciel ?

— Oui, et cette fois c'est un bien plus gros morceau, ça a fait couler beaucoup de sang.

L'homme eut l'air encore plus désespéré :

— De toute évidence, je n'ai pas ce don-là, moi.

Ama Nangtso changea de sujet :

— Tu m'as l'air frigorifié, tu es blanc comme de la fagoue[1], pourquoi es-tu sorti ?

Le visage de l'homme exprima la plus grande affliction et il ne put que s'exclamer :

— Ah…

---

1. La vieille Ama Nangtso dit « blanc comme du foie de porc », mais ce qui est bien plus blanc, dont il est question ici, c'est la fagoue, c'est-à-dire le pancréas, que les tripiers autrefois ajoutaient au foie de veau et qu'ils appelaient « foie blanc » parce que c'est blanc comme de l'ivoire.

— Tu ferais bien mieux de rester chez toi au chaud, lui conseilla Ama Nangtso, regarde, avec le froid qu'il fait aujourd'hui, il n'y a personne dehors, même pas un gamin.

— Ah, répéta l'homme avec un soupir, ma femme m'a chassé de la couette.

Ce qui fit bien rire Ama Nangtso.

— Tu vois bien que ce n'est pas drôle, protesta l'homme, comment peux-tu avoir le cœur à rire ?

— Je ne me moque pas de toi, répondit Ama Nangtso, je ris parce que j'ai fait ça, moi aussi.

— Tu sais qui est ma femme ?

— Non, je ne la connais pas.

— Eh bien, c'était la plus belle femme de toute la région.

— Alors, tu es un homme heureux, dit Ama Nangtso.

— J'ai entendu les vieux du village dire que tu étais toi aussi très belle, autrefois.

— Quoi ? s'exclama Ama Nangtso en partant d'un grand rire, comment peux-tu dire que j'étais très belle autrefois ? Je suis très belle maintenant.

— Mais oui, mais oui, s'empressa de dire l'homme.

Ce qui, de nouveau, fit bien rire Ama Nangtso.

— Je regrette beaucoup d'avoir épousé une fille aussi belle, déclara l'homme en hochant la tête.

— Il ne faut pas dire ça, rétorqua Ama Nangtso en le regardant fixement.

L'homme regarda à nouveau le ciel et reprit :

— Tu penses que les nuages noirs vont à nouveau grignoter un morceau du ciel ?

Ama Nangtso leva les yeux :

— Non, ça n'en a pas l'air, le ciel ne va pas pouvoir le supporter beaucoup plus longtemps.

— Comment ça, il ne va pas pouvoir le supporter ? demanda l'homme interloqué.

— Attends un peu, tu vas voir, répondit Ama Nangtso.

L'homme abandonna le sujet du ciel et des nuages noirs :

— Tu m'as dit que tu avais perdu la mémoire, mais de quoi te souviens-tu ?

— Je ne me souviens de rien, répondit Ama Nangtso.

— Tu ne te souviens même pas de deux personnes ?

— Ah, reconnut Ama Nangtso, si, c'est vrai, je me souviens de deux personnes.

— Et pourquoi ne te souviens-tu que d'elles deux ?

— Ça, je ne sais pas, il n'y a que ces deux personnes qui sont restées dans ma tête, ce sont les deux plus belles personnes au monde.

L'homme eut l'air attristé, mais il continua à questionner Ama Nangtso :

— Et ces deux personnes, qui sont-elles ?

Une lueur passa dans les yeux d'Ama Nangtso quand elle répondit :

— Mon mari et mon fils.

— Tu te souviens de leurs noms ?

— Oui, je m'en souviens, dit Ama Nangtso en rougissant, bien sûr que je m'en souviens, ça, comment aurais-je pu l'oublier ?

— Alors dis-les-moi, insista l'homme.

— Mon mari s'appelait Chopa et mon fils Nyima. C'est mon mari qui a choisi le nom de mon fils.

— Comment se fait-il que tu aies un souvenir aussi précis de leurs noms ? s'étonna l'homme.

— Je n'en sais rien, dit Ama Nangtso.

— Pour une vieille femme, tu es vraiment quelqu'un d'extraordinaire !

Ama Nangtso éclata de rire.

L'homme remarqua alors l'amulette qu'elle portait autour du cou et lui demanda :

— C'est le *tulku* qui t'a donné cette amulette ?

— Elle a disparu, répliqua-t-elle d'un air désespéré, c'est certainement la grosse souris de la maison qui l'a mangée.

— Qu'est-ce que tu racontes ?

— Il y a quelques jours, expliqua Ama Nangtso, j'ai vu la souris qui courait partout avec l'amulette autour du cou, Je l'ai cherchée dans toute la maison, mais je ne l'ai pas trouvée. Ce matin même, je l'ai vue de nouveau, mais elle n'avait plus l'amulette au cou. C'est certainement qu'elle l'a mangée.

L'homme éclata de rire sans rien répondre.

— Cette amulette était très efficace, poursuivit Ama Nangtso, tant que je l'ai portée autour du cou, j'ai vu mon mari et mon fils m'apparaître en rêve, mais depuis que la souris me l'a volée, j'ai cessé de les voir.

L'homme rit de plus belle, encore plus fort.

Ama Nangtso leva soudain la tête vers le ciel couvert de gros nuages noirs et retint son souffle :

— Il y a encore eu un bruit dans le ciel, tu as entendu ?

— Quel bruit ? demanda l'homme en cessant de rire.

Ama Nangtso prit un air mystérieux :

— Une sorte de bruit sourd venu comme en écho des nuages, un peu comme le bruit d'un tracteur.

L'homme tendit une oreille attentive vers le ciel.

De l'autre côté du mur de la cour, non loin de là, retentit alors une voix perçante de femme :

— Hé, y a plus rien à la télé, viens voir un peu ce qui se passe, après tu pourras décamper de nouveau.

L'homme se redressa aussitôt et dit en riant :

— Je crois qu'il va falloir que je rentre.

— Attends que je te raconte l'histoire de mon mari et de mon fils, dit Ama Nangtso, tu rentreras après.

— Non non, j'ai déjà entendu plein d'histoires.

— Alors j'attends que tu te fasses de nouveau flanquer à la porte et je te raconterai.

— Mais peut-être que cette fois, je ne me ferai pas flanquer à la porte, dit l'homme en riant.

Sur quoi, bondissant tel un enfant, il franchit la petite porte du mur de la cour et disparut.

Ama Nangtso resta un moment à regarder la toute petite porte maintenant fermée et marmonna comme pour elle-même :

— Comment se fait-il qu'aujourd'hui il n'y ait personne qui veuille m'écouter ?

De la neige épaisse comme du duvet d'oie se mit à virevolter dans le ciel. C'étaient de gros flocons, plus denses encore que du duvet d'oie. La terre fut bientôt recouverte de neige.

Ama Nangtso était là, pieds nus dans la neige, le visage encore plus rouge qu'avant. Levant la tête vers le ciel où voltigeaient les flocons, elle lui dit :

— Tu ne l'as pas supporté, je savais bien que tu ne pourrais pas.

Et elle eut un petit rire, hi hi…

UN INCONNU

Il est très petit, notre village, il n'a guère qu'une centaine d'habitants, et s'il arrive quelque chose dans une famille, en cinq minutes tout le monde est au courant.

Il ne faut pas plus de dix minutes pour en faire le tour, alors tous ceux qui viennent le visiter arrivent avec enthousiasme, mais au bout de dix minutes repartent très déçus.

Pourtant, il y a toujours des étrangers qui passent par ici. Et il en est venu un l'autre jour, justement.

Chaque fois qu'il en arrive un, les premiers à le savoir, c'est nous. Nous, c'est-à-dire les jeunes ; comme on n'a strictement rien à faire, on se réunit tous les jours à la petite échoppe au centre du village où l'on peut acheter de l'alcool bon marché ; on y reste toute la journée, complètement beurrés, et on ne rentre chez nous, en titubant, qu'au coucher du soleil.

Ce matin-là, quand j'y suis arrivé, j'étais tout seul. J'ai trouvé ça bizarre. Au bout d'une demi-heure, je n'avais toujours vu personne. La vendeuse, c'est une fille qui s'appelle Drolma. Elle est à peu près de mon âge, et c'est de loin la plus jolie des filles du village. C'est peut-être pour ça qu'elle nous regarde à peine. Elle n'est pas d'ici, c'est le chef du village qui l'a fait venir quand il a voulu ouvrir le magasin. Il était incapable de tenir les comptes, alors il l'a embauchée. Le chef du village a dit qu'elle savait très bien se servir d'un boulier, mais nous, on ne l'a jamais vue se servir de celui de la boutique ; elle le laisse sur le côté du comptoir sans y toucher. Certains disent qu'elle ne va pas rester ici, qu'un jour elle repartira.

Moi, j'ai un problème avec l'alcool. Si je ne bois pas quelques verres le matin, vers cette heure-ci, je deviens nerveux. Or, ce matin-là, je tâtais désespérément la poche de ma veste, en vérité elle ne pouvait que me désespérer, car je savais très bien que, depuis la veille, je n'avais plus un sou. Il ne me restait donc plus qu'à attendre que quelqu'un vienne m'offrir à boire.

Le soleil était levé, il commençait à faire bon ; j'ai enlevé ma veste et je l'ai jetée sur le vieil arbre tordu près de l'entrée de la boutique. Il y a beaucoup de *khata* et autres choses du même genre accrochées dans cet arbre[1] ; les gens d'ici le considèrent comme un arbre sacré. Il n'a pas l'air très en forme, peut-être est-il fatigué de voir tous ces gens venir prier sans cesse.

Sans ma veste, je me suis senti bien plus alerte et je suis entré dans la boutique. La dénommée Drolma était en train de grignoter des graines de melon en crachant les épluchures par terre devant elle ; cela faisait un petit tapis blanc sur le sol. Je me suis approché avec mon plus beau sourire, mais elle a continué à croquer ses graines de melon sans me regarder. Tout sourire, je lui ai dit :

— Tu ne pourrais pas me donner une bouteille d'alcool ? Je t'apporterai l'argent demain.

Elle n'a même pas levé les yeux ; elle a craché l'enveloppe de la graine qu'elle avait dans la bouche et m'a craché en même temps :

— Impossible.

Je l'ai observée un bref instant, puis je suis ressorti.

Le soleil était déjà haut et pourtant, dehors, il n'y avait toujours personne. L'arbre tordu se dressait là dans la plus grande solitude ; sous les rayons du soleil, il avait l'air encore plus défraîchi. J'ai alors remarqué qu'il y avait à son pied un vieux seau tout abîmé ; je l'ai pris pour aller au puits, non loin de là. Ce puits, c'est le deuxième de notre village. Le premier, un enfant est

1. L'auteur fait ici référence à la coutume tibétaine d'accrocher des drapeaux de prière près des temples ou des maisons, mais aussi en montagne, le vent étant censé leur donner vie et transmettre les prières au ciel. Ce sont souvent des guirlandes de petits fanions de cinq couleurs sur lesquels sont inscrits des textes bouddhiques.

tombé dedans et s'est noyé, alors on l'a comblé et on a demandé aux moines du monastère de réciter des prières pendant quelques jours. Malgré tout, le bruit court que l'esprit de cet enfant continue de hanter les abords du puits ; le soir venu, il n'y a pas beaucoup de gens pour oser s'en approcher. Moi-même, un soir que je rentrais ivre et passais par là, j'ai senti mon sang se figer dans mes veines.

J'ai tiré de l'eau du puits, mais quand j'ai remonté le seau, il y avait dans l'eau une grenouille qui coassait. Au village, on a une grande vénération pour les grenouilles car on pense que ce sont des descendantes du dragon. La grenouille semblait me regarder, avec une sorte de provocation dans ses yeux protubérants. On s'est regardés un moment, elle et moi ; finalement, pour gagner ses faveurs, je lui ai fait un grand sourire et j'ai redescendu le seau dans le puits. J'ai continué à entendre ses coassements montant du fond.

Quand ils se sont tus, j'ai puisé de l'eau et cette fois il n'y avait pas de grenouille. Ravi, j'ai versé l'eau dans le vieux seau que j'avais apporté, mais il était tellement abîmé qu'il commençait à fuir. Je l'ai donc porté en courant jusqu'à l'arbre.

Le soleil s'est caché derrière un nuage et l'arbre s'est trouvé un instant dans l'ombre. A ce moment-là, j'ai entendu comme un bruissement derrière moi. Je me suis retourné et j'ai vu quelqu'un qui se dirigeait vers la petite échoppe. Au premier coup d'œil, j'ai vu que c'était un inconnu. Je suis resté accroupi en attendant qu'il passe près de moi.

Le soleil est revenu et j'ai pu distinguer un peu mieux son visage. Le visage d'un homme d'une trentaine d'années. Un visage trahissant la fatigue et l'affliction.

Il est allé jusqu'à l'entrée de la boutique et s'est arrêté. Je pensais qu'il allait me parler, mais non, il ne m'a rien dit. Il a sorti un paquet de cigarettes de la poche de sa veste et en a pris une. Alors je me suis approché. Il m'en a offert une et je n'ai pas refusé. Je me suis rappelé que j'avais un briquet dans ma poche; je l'ai sorti et j'ai allumé les deux cigarettes.

Il s'est mis à fumer, mais toujours sans rien dire.

A la moitié de ma cigarette, je n'y ai plus tenu et je lui ai demandé d'où il venait.

— Je viens d'un endroit très grand, m'a-t-il répondu.

— Ah, ai-je répliqué, je sais, tu viens de la ville.

Il a continué à fumer sans me répondre.

Il avait quand même l'air un peu bizarre, alors je lui ai demandé:

— Tu t'appelles comment?

— Mon nom n'a pas d'importance, m'a-t-il répondu, je suis venu parce que je cherche quelqu'un.

Je l'ai regardé attentivement:

— Une personne comment?

— Une femme.

— Il n'y en a pas beaucoup ici, il y en a même très peu.

— Celle que je cherche s'appelle Drolma, a-t-il précisé.

J'ai tout de suite pensé à la Drolma de la boutique et je lui ai dit :

— Ah oui, je sais, je t'emmène la voir.

On est donc entrés dans l'échoppe. Elle était toujours en train de croquer ses graines de melon et il y avait des épluchures partout sur le sol devant le comptoir.

— Cet homme est venu te voir, lui ai-je dit.

Elle a cessé de manger ses graines, l'air stupéfaite.

Je me suis retourné et j'ai vu que l'homme était déjà en train de ressortir. Je l'ai rattrapé :

— C'est Drolma, lui ai-je lancé, tu ne m'as pas dit que tu la cherchais ?

Il a attendu d'être dehors et, debout dans le soleil, il m'a répondu :

— La Drolma que je cherche, ce n'est pas elle.

— Pourtant, elle non plus n'est pas d'ici.

— Peut-être, mais ce n'est pas elle, a-t-il répété.

— Alors, on n'a pas la femme que tu cherches.

Mais il a continué :

— Je sais que vous avez vingt et une Drolma. Celle que je cherche est l'une d'elles.

— Tu veux dire, les vingt et une Drolma des textes bouddhiques ? ai-je rétorqué en riant, mais c'est dans les textes, où veux-tu qu'on aille en chercher autant ?

Il n'a pas cédé :

— J'ai lu un livre dans lequel il est dit que cet endroit est la terre natale des vingt et une Drolma de la tradition.

J'ai éclaté de rire en entendant ça :

— Ah ça alors, je n'aurais jamais cru que ce fichu bled pouvait être la terre natale des vingt et une Drolma.

— C'est écrit dans le livre, a-t-il répété, ça ne peut pas être faux.

J'ai fermé les yeux, en prenant l'attitude de celui qui prie :

— *OM ! Je me prosterne devant vous, noble Tara, pure et parfaite.*

Hommage à vous, prompte héroïne aux yeux vifs comme l'éclair,

Au visage apparu dans la corolle épanouie du lotus protecteur des trois mondes.

Hommage à vous, Tara, dont le visage est pareil à cent pleines lunes d'automne,

Irradiant l'éblouissante lumière d'un millier d'amas stellaires. [1]

— Je n'aurais jamais pensé qu'il y ait quelqu'un ici qui sache réciter les louanges aux vingt et une Tara, a dit l'inconnu, épaté.

— Mais si, lui ai-je répondu avec un clin d'œil, nous savons tous réciter ses louanges.

— Bravo, s'est-il exclamé en levant le pouce, moi j'essaie de les mémoriser depuis longtemps et je n'y suis toujours pas arrivé.

J'ai refermé les yeux et repris ma récitation des louanges encore plus fort.

1. Traduction courante des louanges aux Tara que l'on trouve sur divers sites avec l'original tibétain, traduction légèrement modifiée ici pour se calquer sur la version en chinois donnée par Pema Tseden.

A ce moment-là est arrivé un autre jeune aussi désœuvré et désargenté que moi, du nom de Tsemdo.

— Qu'est-ce que tu fabriques à réciter les louanges aux vingt et une Tara, m'a-t-il demandé, tu te donnes en spectacle ou quoi ?

— Non, je les récite pour cet inconnu, lui ai-je expliqué.

Il a regardé l'inconnu comme s'il venait juste de l'apercevoir :

— C'est qui ?

— Il m'a dit qu'il venait de la ville, et qu'il était à la recherche d'une femme nommée Drolma.

— Drolma ? s'est écrié Tsemdo, mais c'est peut-être ma petite sœur.

— Mais c'est vrai, ta sœur s'appelle Drolma, comment ai-je pu ne pas y penser !

— Elle est déjà grande, tu aurais quand même dû penser à elle. Elle est même déjà allée à la ville.

— Va vite la chercher, moi je reste ici avec lui.

Tsemdo est parti en courant, en passant près du puits pour aller plus vite.

Après son départ, l'inconnu m'a demandé :

— C'est vrai que tu ne savais pas qu'ici était le pays natal des vingt et une Drolma ?

— C'est vrai, mais en plus, on n'a pas beaucoup de Drolma par ici : il n'y a en tout qu'une centaine de personnes au village.

Il m'a simplement regardé en souriant.

Tsemdo est revenu très vite avec sa sœur. Ils se sont arrêtés à quelques pas de nous et Tsemdo a demandé à sa sœur :

— Tu connais cet homme ?

— Quand j'ai travaillé en ville, a répondu sa sœur, j'ai rencontré quelques hommes qui m'ont dit qu'ils voulaient m'épouser, mais je ne me rappelle plus à quoi ils ressemblaient.

— Regarde bien, faut pas te tromper.

Sa sœur a observé attentivement l'étranger, mais celui-ci a déclaré :

— Ce n'est pas la Drolma que je cherche.

Tsemdo a eu l'air très déçu, sa sœur aussi.

— Réfléchis bien, a-t-elle dit à l'inconnu en le fixant attentivement, tu es sûr que tu ne m'as jamais dit que tu voulais m'épouser ?

L'inconnu a été catégorique :

— Je ne t'ai jamais dit ça.

Moi, j'en étais arrivé au point où j'avais terriblement envie d'une gorgée d'alcool. Alors j'ai demandé à Tsemdo :

— Tu n'aurais pas de l'argent pour acheter une bouteille d'alcool, par hasard ?

— Non, m'a répondu Tsemdo, je n'ai pas un sou.

— Je sais que tu n'as pas d'argent, ai-je répliqué, je demandais juste, pour voir.

Pas gêné du tout, Tsemdo a demandé à sa sœur :

— Drolma, tu ne veux pas nous acheter une bouteille ?

Elle a regardé l'inconnu en disant :

— Cet homme qui vient de la ville, vous n'avez qu'à lui demander.

Tsemdo s'est tourné vers lui :

— Dis, tu nous achèterais une bouteille ?

— Voilà ce que je vous propose, a dit l'inconnu : si vous me trouvez une Drolma, je vous donne cent yuans, avec ça vous pourrez vous acheter une bouteille.

— C'est sérieux ? a demandé Tsemdo.

— Bien sûr, a dit l'inconnu.

Mais Tsemdo le regardait d'un air incrédule. Alors, l'inconnu a sorti de sa poche une liasse de gros billets et a dit en les lui mettant sous le nez :

— Tu penses que je n'ai pas d'argent ?

Cela m'a aussitôt donné une idée :

— Je t'ai déjà aidé à trouver une Drolma, si tu veux tenir parole, tu me dois cent yuans.

Il m'a donné les cent yuans sans hésiter. Saisissant l'idée au vol, Tsemdo a enchaîné :

— Hé, je t'ai trouvé une Drolma, moi aussi.

L'inconnu lui a également donné cent yuans. La sœur de Tsemdo n'a pas voulu être en reste :

— Si je te trouve une Drolma, tu me donneras cent yuans à moi aussi ?

— Bien sûr, a répondu l'inconnu, ma proposition vaut pour tout le monde.

Une fois sa sœur partie, je me suis tourné vers Tsemdo :

— Ça, c'est une bonne affaire, si on lui trouve vingt et une Drolma, on peut se faire deux mille cent yuans.

— C'est pas le tout, a rétorqué Tsemdo, on va d'abord s'acheter une bouteille, on verra après.

— T'as bien raison, ai-je dit.

Nous sommes donc entrés dans la boutique. Drolma avait fini ses graines de melon, elle avait nettoyé le sol et le comptoir, c'était impeccable. Cette fois-ci, je ne lui ai pas adressé le moindre sourire, je lui ai dit d'emblée :

— Une bouteille !

— T'as l'argent ? m'a-t-elle demandé en me regardant de travers.

J'ai posé sur le comptoir le billet de cent yuans, avec dessus le visage sévère du président Mao.

Drolma a examiné le billet en long, en large et en travers et m'a demandé :

— T'as pas de monnaie ?

— T'as peur que le président Mao soit un faux ?

Elle a très légèrement souri, sans rien dire. C'était un sourire enchanteur. Mais Tsemdo, derrière moi, s'est mis en colère :

— Tu nous regardes de haut en pensant qu'on n'a pas un rond ?

Drolma a cessé de sourire et, sans s'occuper de lui, s'est adressée à moi :

— D'où tu les sors, ces cent yuans ?

— C'est l'inconnu qui m'a payé.

Drolma a levé la tête pour regarder dehors ; j'en ai fait autant, mais l'inconnu n'était plus là.

— Tu veux quoi, comme alcool ? m'a demandé Drolma.

— Le meilleur, ai-je répondu.

— Le meilleur est à cinquante yuans, m'a-t-elle prévenu.

— C'est parfait, ai-je dit, donne.

Elle m'a tendu la bouteille et m'a rendu un billet de cinquante yuans.

Je l'ai pris et examiné très attentivement. Il y avait dessus une image du Potala que j'ai trouvée très belle. Drolma a eu un petit rire :

— Haha, tu crois qu'il est faux ?

— Non, ai-je dit en riant, je me demande juste si le Potala sur cette image est le vrai.

Elle s'est contentée de marmonner.

J'ai roulé l'image du Potala et l'ai fourrée dans ma poche en disant :

— Ah, on peut quand même s'acheter une bonne bouteille ici !

Derrière moi, Tsemdo commençait à s'impatienter ; alors j'ai ouvert la bouteille, j'ai bu une première gorgée et la lui ai passée. Il en a bu une gorgée à son tour, l'a longuement savourée, puis m'a dit lentement :

— Ah, que c'est bon ! Quand on aura fini cette bouteille, j'en achèterai une autre.

— Oui, ai-je dit, c'est vraiment bon, ça fait des années que je n'ai pas bu un alcool aussi bon.

Tsemdo s'est brusquement exclamé :

— Et les autres ? Comment se fait-il qu'ils ne soient pas là ?

— Qui ça ?

— Comment ça, qui ça ? Mais ceux avec qui on boit tous les jours.

— Ah, eux ! Moi aussi, je m'étonnais de ne pas les voir aujourd'hui.

Tsemdo a continué à boire sans plus rien dire.

Après quelques gorgées, nous sommes sortis devant la boutique. Dehors, il faisait un soleil radieux. L'inconnu était là, en plein soleil, à observer l'arbre tordu.

— Pourquoi suspendez-vous tant de choses à cet arbre tout tordu ? a-t-il demandé.

— Ne sous-estimez pas cet arbre, ai-je répondu, c'est un arbre sacré, il peut vous porter chance.

— Je regardais le soleil l'éclairer, a dit l'inconnu, c'est vraiment très beau.

— On a ce même soleil tous les jours, a dit Tsemdo.

— Le soleil que vous avez ici est bien plus beau que celui que nous avons chez nous, a déclaré l'inconnu.

— Le soleil d'ici n'est pas bon, l'a contredit Tsemdo, il tanne le visage.

— Mais c'est très bien, s'est écrié l'inconnu, aujourd'hui je vais me faire tanner !

Je lui ai tendu la bouteille en disant :

— Merci de nous avoir permis de boire un aussi bon alcool, tenez, prenez-en un peu.

Mais l'inconnu a refusé :

— Je ne bois jamais d'alcool.

Alors Tsemdo m'a dit :

— Bon, va falloir qu'on aille chercher des Drolma. On ne retrouvera pas une aussi belle affaire de sitôt.

— On y va quand on a fini la bouteille, ai-je dit, si je n'ai pas ma dose, je ne suis pas au top de ma forme.

On a donc bu encore un peu pour faire tous les deux le plein d'énergie.

C'est alors qu'est arrivée la sœur de Tsemdo, traînant derrière elle une femme portant un bébé dans les bras et une femme infirme. En les voyant approcher, je me suis soudain rappelé que toutes deux s'appelaient effectivement Drolma.

La sœur de Tsemdo est allée droit vers l'inconnu et lui a annoncé :

— Elles s'appellent toutes les deux Drolma.

Mais, après les avoir bien regardées, l'inconnu a déclaré :

— Ni l'une ni l'autre n'est la Drolma que je cherche.

Puis il a sorti de sa poche deux billets de cent yuans et les a donnés à la sœur de Tsemdo. Après les avoir empochés, elle est entrée dans la boutique avec les deux femmes, ce qui m'a donné envie de rire, mais je me suis retenu.

Aussitôt après est arrivée une autre femme, une vieille femme celle-là. Je me suis souvenu qu'elle s'appelait elle aussi Drolma, mais j'ai douté qu'elle fasse l'affaire :

— Les vieilles femmes aussi, ça marche ?

— Comment ça ? a demandé l'inconnu.

— Tu prends même les Drolma âgées ?

— Tant qu'elles s'appellent Drolma, c'est bon, a-t-il répondu.

Tsemdo et moi avons couru vers la vieille femme, lui avons chacun pris un bras et l'avons conduite vers l'inconnu. Mais, arrivée près de lui, elle s'est dégagée et s'est approchée de lui toute seule.

— Il paraît que tu cherches des femmes nommées Drolma, a-t-elle dit, c'est comme ça que je m'appelle.

Comme l'inconnu la regardait, Tsemdo et moi nous sommes hâtés de confirmer ses dires :

— C'est vrai qu'elle s'appelle Drolma, même si elle est un peu vieille.

— Ce n'est pas la Drolma que je cherche, a-t-il dit.

Puis il a sorti de sa poche un billet de cent yuans et nous a demandé, à Tsemdo et moi :

— Ce billet-là, à qui dois-je le donner ?

Avant même qu'on ait eu le temps de répondre, la vieille femme s'est emparée du billet en disant :

— Je suis venue de moi-même, uniquement pour les cent yuans.

On l'a regardée tous les trois, l'inconnu, Tsemdo et moi, et on a éclaté de rire.

La vieille femme a fourré l'argent dans sa poche et, montrant l'étroit chemin de terre devant nous, s'est mise à rire elle aussi :

— Ah ah, voilà une autre Drolma qui arrive.

Un homme et une femme d'âge mûr arrivaient effectivement en faisant un raffut terrible. L'homme s'est planté devant l'inconnu en disant :

— Il paraît que tu cherches des femmes nommées Drolma, en voilà une qui s'appelle comme ça.

L'inconnu a vite sorti un billet de cent yuans et le lui a tendu. Mais l'homme ne l'a pas pris :

— Non, je ne suis pas venu pour les cent yuans mais pour te demander de l'emmener. Je n'en veux plus. Emmène-la, je ne pose aucune condition.

— Ce n'est pas la Drolma que je cherche, a répondu l'inconnu.

— Tu ne me crois pas ? a insisté l'homme, regarde, je t'ai apporté sa carte d'identité.

Il s'est empressé de la sortir de sa poche et l'a montrée à l'inconnu en la présentant entre le pouce et l'index des deux mains. Mais celui-ci lui a dit :

— Ce n'est pas le problème, je te crois.

A ce moment-là, la femme est intervenue :

— Je m'appelle Drolma depuis l'âge d'un an. Lui et moi avons vécu ensemble pendant vingt ans et vraiment j'en ai assez. Si tu veux bien m'emmener, je suis prête à faire tout ce que tu désireras.

— Non, vraiment, a répondu l'inconnu, tu n'es pas celle que je cherche.

L'homme s'est mis en colère :

— Tu es vraiment bizarre ! Puisque c'est comme ça, tu n'as qu'à me donner les cent yuans. Je pourrai au moins me payer une bonne cuite.

L'inconnu s'est dépêché de lui donner l'argent en lui disant :

— Très bien, très bien, tiens, vas-y.

L'homme a saisi le billet et a disparu dans la boutique, la femme à ses basques, et ils continuaient de se chamailler. La vieille Drolma est entrée derrière eux.

Tsemdo m'a dit en toute hâte :

— Allons vite chercher des Drolma, autrement l'argent va nous passer sous le nez. Il y a déjà six Drolma dans la boutique.

Cependant, après avoir bu quelques rasades au soleil, je ne me sentais pas d'attaque, j'avais une immense flemme et aucune envie de bouger. Je lui ai donc dit :

— Si tu veux gagner de l'argent, vas-y, moi je reste ici, je me sens trop bien ici.

— Tant pis, a dit Tsemdo, alors buvons.

On s'est assis par terre et on a continué à boire. Quand la bouteille a été finie, Tsemdo est allé en acheter une autre, du même alcool.

— C'est vraiment bon, m'a-t-il dit avec un sourire béat.

A ce moment-là est arrivé un couple avec deux enfants. Nous nous sommes redressés paresseusement et avons fait un signe de tête à l'inconnu :

— Tiens, voilà encore deux Drolma.

L'inconnu a attendu qu'ils s'approchent. Les petites filles se ressemblaient comme deux gouttes d'eau. Les parents se sont avancés jusqu'à l'inconnu en disant :

— Ce sont des jumelles qui s'appellent Drolma.

— Merci beaucoup, a répondu l'inconnu, mais aucune n'est la Drolma que je cherche.

Avant même que les parents aient pu répondre quoi que ce soit, il avait sorti de sa poche deux cents yuans en leur disant :

— Tenez, c'est ce que je vous dois.

Plusieurs autres Drolma se sont succédé, grosses et maigres, grandes et petites, vieilles et jeunes, belles et laides, tout un défilé. L'inconnu n'avait toujours pas trouvé celle qu'il cherchait et l'argent dans sa poche avait pas mal diminué.

Tsemdo et moi, pendant ce temps, étions là sans rien faire, à assister à tout cela en buvant joyeusement. J'ai fini par dire à l'inconnu :

— De toutes les Drolma qui sont venues, aucune n'était celle que tu cherches, qu'est-ce que tu vas faire ?

L'air un peu désespéré, l'inconnu m'a demandé :

— Tu sais combien il en est venu ?

J'ai regardé autour de moi, il y avait des Drolma partout, je lui ai dit :

— Je ne sais pas, il faut que je compte.

Et je me suis mis à compter, mais chaque fois que j'arrivais à dix, je perdais le compte et j'étais obligé de recommencer à zéro. J'ai réalisé que j'étais un peu éméché.

Alors j'ai demandé à un garçon qui avait fini ses études secondaires de m'aider à compter. Il venait d'avoir vingt ans et essayait désespérément d'entrer à l'université. Il avait plusieurs fois été recalé à l'examen d'entrée. Il ne buvait jamais d'alcool : c'était le type le plus sobre de tout le village. Ses parents lui avaient donné une nouvelle chance ; si cette année encore il échouait, il avait promis de rester chez lui et d'oublier l'université.

Il a fait le compte en un tournemain et a dit qu'il y avait dix-neuf Drolma.

— Ce n'est pas possible, a dit l'inconnu, recompte.

Le lycéen était un peu en colère, mais il a recompté et annoncé :

— Je ne me suis pas trompé, il y en a bien dix-neuf ; si je n'arrivais pas à compter jusqu'à dix-neuf, comment voudriez-vous que je me présente à l'examen d'entrée à l'université ?

L'inconnu n'a rien répondu. J'ai réfléchi : où pouvait-il bien y avoir encore des femmes nommées Drolma dans le village ? J'ai demandé à mes camarades et ils ont dit qu'ils ne voyaient pas, eux non plus. J'ai posé la question aux Drolma qu'on avait déjà trouvées, mais elles ne savaient pas plus.

J'ai continué à boire. Les femmes, à côté, bavardaient entre elles, sans que je puisse distinguer ce qu'elles disaient. L'inconnu s'est soudain écrié :

— Et la vendeuse de la buvette, vous l'avez comptée ?

— Non, a répondu le lycéen, elle n'est pas d'ici.

— Il faut la compter elle aussi ? ai-je coupé. Mais elle a été embauchée par le chef de village, elle n'est pas du village.

— Mais oui, il faut la compter, a répondu l'inconnu. Puisqu'elle est là, il ne faut pas l'exclure. Il y en a d'autres comme ça ?

— Non, ai-je dit après avoir réfléchi à toute vitesse.

— Pourtant il y en a certainement une, a insisté l'inconnu.

Mes camarades ont confirmé :

— Non, il n'y a pas d'autre femme nommée Drolma, c'est sûr.

Les Drolma nous ont entourés en clamant en chœur :

— Non, il n'y en a pas ; s'il y en avait une, on le saurait.

— Pourtant, c'est sûr qu'il y en a encore une, a dit l'inconnu, réfléchissez bien ; je vous donnerai trois cents yuans si vous la trouvez.

Alors la vieille Drolma s'est écriée avec enthousiasme :

— J'ai trouvé !

Soudain il s'est fait un grand silence et tous les regards se sont braqués sur elle qui souriait d'un air mystérieux sans rien dire.

— Dis voir, l'ai-je pressée avec impatience, allez, dis vite.

— Il y a bien au monastère une statue de Drolma, non ? a-t-elle fini par dire.

On a tous éclaté de rire, l'inconnu aussi. La vieille Drolma a rougi jusqu'aux oreilles et a demandé :

— Pourquoi vous riez ?

— Ce que je cherche, ce sont des Drolma vivantes, a expliqué l'inconnu.

— Alors là, je vois vraiment pas, a dit la vieille Drolma, un peu déçue.

— Allez, réfléchissez encore, a repris l'inconnu en regardant tout le monde. Si vous arrivez à trouver, je vous donne cinq cents yuans.

Tout le monde s'est plongé dans de nouvelles réflexions, mais le résultat a été le même :

— Non, vraiment, il n'y en a pas d'autre, tu pourrais nous donner mille yuans, ça ne changerait rien.

L'inconnu a pris un air très déçu, même un peu découragé.

Le voir ainsi m'a fait pitié. J'ai eu envie de le consoler. C'est alors que j'ai pensé à notre chef de village.

— Et le chef du village ? ai-je dit à mes camarades. C'est lui qui sait le mieux tout ce qui se passe au village ; si on lui demande, il saura certainement.

Ils sont partis le chercher, mais ils ne l'ont pas trouvé, personne ne savait où il était allé. J'ai voulu réconforter l'inconnu :

— Ne te morfonds pas, lui ai-je dit, le chef de village doit savoir ; si on a des nouvelles, je trouverai un moyen de te tenir au courant.

L'inconnu a eu l'air ému et m'a dit :

— Tu es vraiment quelqu'un de bien.

J'ai vu que mes copains souriaient.

Sur ces entrefaites, l'inconnu est entré dans la boutique et, intrigué, je lui ai emboîté le pas.

— Pourrais-je avoir trois bouteilles d'alcool ? a-t-il demandé à la dénommée Drolma.

— Lequel ? a-t-elle demandé en retour.

— Le meilleur que vous ayez ici, a-t-il répondu.

— C'est cinquante yuans la bouteille, ça vous va ?

— Oui, c'est parfait.

— Vous voulez combien de bouteilles ?

— Trois.

Drolma ne l'a pas soupçonné, lui, de lui donner des faux billets, et ça, ça m'a un peu agacé. J'ai palpé ma poche : les cinquante yuans y étaient toujours ; je me suis dit que je pouvais encore m'acheter une bouteille de bon alcool, mais je n'ai rien dit.

Au moment où l'inconnu s'apprêtait à sortir après avoir acheté les trois bouteilles, la vendeuse lui a dit :

— J'attends depuis longtemps que quelqu'un m'emmène d'ici, et aujourd'hui, en te voyant, j'ai pensé que tu étais l'homme que j'attendais. Quand j'ai vu arriver toutes ces Drolma, j'ai été un peu inquiète. Je n'arrive pas à comprendre comment il peut y avoir ici autant de femmes portant ce nom.

L'inconnu s'est arrêté, l'a regardée et a dit :

— C'est vrai ?

— Tu vas m'emmener ? a-t-elle demandé.

— Si tu veux partir, c'est d'accord, a répondu l'inconnu.

Alors, sortant de derrière le comptoir, la vendeuse Drolma est venue le prendre par le bras.

L'inconnu s'est tourné vers moi et m'a donné les bouteilles qu'il tenait en disant :

— Donne-les à tes camarades, merci à vous tous.

La dénommée Drolma s'est arrêtée comme si elle avait oublié quelque chose ; elle est revenue vers le comptoir, a pris un gros sachet de bonbons et me l'a tendu en disant :

— Tiens, donnes-en à toutes ces femmes.

J'ai pris les trois bouteilles et le sac de bonbons sans savoir que répondre et je les ai suivis.

Quand nous avons été tous les trois dehors, la vendeuse Drolma a fermé la porte du magasin et m'a confié la clef en disant :

— Rends-moi le service de la donner au chef du village, dis-lui que je suis partie et que je ne reviendrai pas.

Je l'ai regardée sans savoir que répondre, totalement déconcerté.

— Ah, a-t-elle ajouté, j'allais oublier, dis-lui aussi que j'ai pris un paquet de bonbons.

Puis elle s'est éloignée avec l'inconnu. Tout le monde les a regardés partir avec stupéfaction.

Me voyant partir à mon tour, les gens m'ont demandé en parlant tous ensemble :

— Cet inconnu, il a vraiment trouvé la Drolma qu'il cherchait ?

— Je n'en sais rien, ai-je répondu, peut-être.

— S'il l'a trouvée, c'est très bien, vraiment très bien, se sont-ils écriés d'une seule voix.

Montrant les trois bouteilles aux hommes qui étaient là, je leur ai dit :

— L'inconnu les a achetées pour nous, si ça vous dit, venez boire avec moi.

Puis, montrant le paquet de bonbons aux femmes :

— Tenez, ces bonbons, la vendeuse Drolma les a achetés pour vous.

Une Drolma d'une trentaine d'années s'est exclamée :

— J'aurais bien aimé partir avec cet inconnu, moi, ça m'aurait bien plu !

C'est alors qu'on a vu le chef de village approcher tout doucement sur le chemin de terre devant nous.

Arrivé devant le vieil arbre tout tordu, il y a accroché une *khata*. Il avait le visage rayonnant de bonheur.

Comme tout le monde le regardait, il s'est écrié :

— Félicitez-moi, hier soir ma bru a donné naissance à un bébé, la mère et l'enfant vont très bien.

Alors nous avons compris où il était et nous nous sommes tous mis à crier en chœur :

— Ah, c'était donc ça, félicitations, félicitations !

Sortant cent yuans de sa poche, le chef du village m'a dit :

— Va vite acheter une bonne bouteille d'alcool et des friandises pour les femmes, je vous invite, on va fêter ça.

J'ai sorti la clef du magasin de ma poche en disant :

— La vendeuse Drolma est partie, elle m'a laissé la clef pour que je vous la remette.

Le chef du village a froncé les sourcils :

— Partie ? Comment ça ?

— Elle est partie avec un inconnu, lui ai-je expliqué.

— Elle est vraiment partie ?

— Oui, elle a dit qu'elle ne reviendrait pas, et aussi qu'elle avait pris un gros paquet de bonbons.

Le chef du village restait pensif. C'est alors que la vieille Drolma lui a demandé :

— C'est un garçon ou une fille ?

— C'est une petite fille, a dit le chef du village.

— Et elle s'appelle comment ? a demandé la vieille Drolma.

— Comme toi, a répondu le chef du village, Drolma.

LA COULEUR DE LA MORT

En allant voir Nyima, ce jour-là, je me demandais ce que j'allais bien pouvoir lui dire, mais je ne trouvais rien. Juste avant de partir, je lui avais téléphoné pour lui annoncer :

— Je suis de retour, je vais passer te voir.

Je l'avais juste entendu marmonner « mmm » à l'autre bout du fil, puis il avait raccroché.

Nyima avait un petit frère qui s'appelait Dawa[1]. Ils étaient jumeaux, mais comme Nyima était né le premier, ces quelques minutes d'avance lui donnaient droit au titre d'aîné.

Comme leurs parents étaient morts quand ils étaient encore enfants, la charge de s'occuper du petit Dawa était retombée sur Nyima et, dans les moments difficiles, il disait souvent que ce n'était pas juste qu'il soit né le premier, que c'était bien dommage que ce ne

1. Nyima signifie Soleil, Dawa Lune ; ce sont deux prénoms tibétains courants, mais évidemment symboliques ici.

soit pas son frère qui soit né quelques minutes avant lui.

Nyima était un gamin astucieux et doué dont tout le monde voulait être le copain, mais personne ne voulait être celui de son petit frère car tout le monde disait qu'il n'était pas très normal. Nyima cependant ne voulait pas le reconnaître ; il répondait toujours que Dawa était encore petit et qu'il irait mieux quand il serait plus grand.

Il a fallu attendre que Dawa ait seize ans et qu'il caresse un jour la poitrine de Drolma pour que Nyima, furieux, finisse par lui lancer :

— T'es vraiment cinglé, quand même !

Mais, pour toute réponse, Dawa avait éclaté de rire.

Drolma était la petite amie de Nyima et elle était si jolie que tous ses copains étaient en admiration béate devant elle. Un jour, j'ai dit à Nyima :

— T'as de la veine d'avoir trouvé une fille aussi jolie, même un simple d'esprit s'en rend compte.

— Peut-être que, finalement, à seize ans, il y a des choses qu'il a fini par comprendre, m'a-t-il répondu.

J'ai éclaté de rire, mais comme Drolma, elle, avait l'air furieuse, j'ai voulu la consoler :

— Tu devrais être contente, regarde, même un simple d'esprit se rend compte que tu es jolie, cela montre bien que tu n'as pas une beauté ordinaire.

Nyima a pouffé de rire, Dawa aussi. Drolma, elle, avait toujours l'air aussi furieuse, mais j'ai laissé tomber car je savais bien qu'elle était ravie, dans le fond. Elle adorait que l'on trouve des moyens originaux pour vanter sa beauté. C'était une fille intelligente et elle était bien consciente que ce que j'avais dit était un bel éloge.

Après avoir reconnu que Dawa avait un grain, Nyima s'est mis à se plaindre, de temps en temps :

— Ah, même s'il était né quelques minutes avant moi, cela n'aurait servi à rien, il aurait quand même fallu que je m'occupe de lui, quelle déveine qu'on soit frères !

Nyima se disputait parfois avec Drolma à cause de son petit frère. Elle voulait qu'ils se marient, mais il n'arrêtait pas de lui dire :

— Attends un peu, on se mariera quand Dawa ira mieux.

Ce qui mettait Drolma hors d'elle :

— Il en est à caresser la poitrine de la fiancée de son frère, c'est quoi, l'amélioration que tu attends, maintenant ?

Mais, dans ces cas-là, Nyima ne répondait rien.

Drolma avait beau être très jolie et très admirée, c'est Nyima qu'elle aimait, alors elle n'osait pas trop insister.

Moi aussi, je l'avais beaucoup aimée, dans le temps, mais j'avais bien compris qu'elle ne serait jamais à moi. Malgré tout, comme elle savait que je l'avais aimée, cela l'encourageait à me faire des confidences et elle me glissait parfois, sous le sceau du secret :

— Comment pourrait-on deviner que ces deux-là sont jumeaux ? L'un est fin et beau, l'autre n'est même pas capable de s'essuyer la morve du nez ; l'un est naturellement doué, l'autre n'a pas toute sa tête.

Ses paroles étaient loin de me réjouir et je lui répondais avec un soupir :

— Les choses en ce monde sont étranges, inexplicables et incompréhensibles.

Drolma se bornait à secouer la tête en soupirant, elle aussi. Mais elle voyait bien qu'elle m'attristait, alors elle ajoutait en souriant :

— Tu sais, toi aussi tu es beau et doué ; s'il n'y avait pas Nyima, c'est toi que j'aimerais, c'est sûr.

Elle disait cela pour me consoler, mais ses paroles, en réalité, ne faisaient que me rendre encore plus amer. Je la trouvais vraiment stupide, parfois.

Pour en revenir à Dawa, quand je dis qu'il faisait un peu peur quand on le voyait, je n'exagère rien. Il était vraiment bizarre et je suis sûr qu'il suffisait à n'importe quelle fille de lui jeter un seul coup d'œil pour être fixée, sans avoir besoin de lui en jeter un second.

Quand Nyima était avec Drolma, il affichait toujours son amour pour son frère. Drolma l'admirait énormément pour ça ; chez elle, elle vantait la grande bonté d'âme de Nyima à ses parents et à ses frères et sœurs, en ajoutant qu'elle ne s'était pas trompée sur lui. Toute la famille était d'accord et approuvait leur relation.

Dawa était apparemment conscient que Nyima était toute sa famille car il lui montrait une affection qu'il ne manifestait envers personne d'autre, sauf envers Drolma quand il lui avait caressé la poitrine. Malgré tout, parfois, quand Drolma n'était pas là, Nyima en avait tellement assez de son frère qu'il lui arrivait de lui crier :

— Si seulement tu pouvais tomber raide mort, je pourrais épouser Drolma !

La première fois qu'il avait prononcé ces paroles, Nyima avait été pris de panique et avait jeté un regard effaré à son frère, mais celui-ci n'avait eu aucune réaction : son visage avait continué d'arborer la même inébranlable expression de joie béate que d'habitude. Par la suite, Nyima avait abandonné tout scrupule et cette phrase était devenue chez lui un véritable leitmotiv. Mais il se gardait bien de la proférer en présence de Drolma.

Je ne me sentais pas très à l'aise, moi non plus, chaque fois que je l'entendais prononcer ces mots, et je ne pouvais m'empêcher de m'exclamer :

— Comment peux-tu dire une chose pareille à ton propre frère ?

Mais il me répondait sans se troubler :

— Si tu avais un petit frère comme lui, tu finirais peut-être, à la longue, par en faire autant.

J'en arrivais à me demander comment je pouvais fréquenter un ami pareil.

Un jour, il a semblé deviner mes pensées et m'a dit :

— S'il mourait, vraiment, ce serait une bonne chose. Mes parents sont morts, ils n'ont pas eu à souffrir pour nous élever. Si je mourais, je n'aurais pas non plus à souffrir pour élever Dawa. Mais si c'était lui qui mourait, il n'aurait pas à souffrir de vivre, tout simplement.

— Tu sais ce qui est écrit dans le canon bouddhique, lui ai-je répondu non sans une certaine hypocrisie, qu'il est extrêmement difficile de renaître dans un corps humain ?

— Ça, je ne sais pas, m'a répondu Nyima, mais ce que je sais, c'est qu'il est bien plus facile de mourir que de vivre.

A mi-chemin, j'en étais toujours à me demander ce que j'allais bien pouvoir dire à Nyima quand je le verrais, lorsque j'ai soudain entendu devant moi un brouhaha qui m'a fait lever la tête. Massés autour d'une chose indistincte, il y avait une foule de gens en train de discuter bruyamment, le dos tourné vers moi.

Après m'être approché, j'ai vu sur le bord de la route un enclos à cochons où l'un des animaux portait tellement de morsures qu'il n'était plus qu'une plaie informe.

— Que s'est-il passé ? ai-je demandé à l'un des badauds.

L'homme m'a répondu en me regardant d'un air bizarre :

— Ce qui s'est passé ? Ce porc a été attaqué par un autre porc et il est mort de ses morsures ; voilà l'état dans lequel on l'a trouvé.

Cela avait quelque chose d'effrayant :

— Quoi ? me suis-je écrié. Un porc mort des morsures d'un autre porc ? Je n'ai jamais entendu parler d'une chose pareille !

Mais l'homme ne m'écoutait plus. Ils étaient tous en train de discuter pour savoir si l'on pouvait manger un porc mort de cette façon. Certains disaient que oui, qu'est-ce qui pouvait bien l'empêcher ? Mais d'autres disaient que non, un porc dans cet état, on ne pouvait certainement pas le manger. D'autres encore étaient d'avis que ce n'était pas la peine d'en débattre plus longtemps, un porc comme ça, il n'y avait qu'à le brûler pour s'en débarrasser. Finalement, ce fut un cri unanime : il faut s'en débarrasser, brûlons-le, brûlons-le !

Les laissant là, j'ai continué mon chemin. Mais la même question est revenue me tourmenter : que dire à Nyima ?

En effet, quinze jours auparavant, son frère était mort, percuté par un camion. Les témoins ont rapporté qu'après un bruit de freins assourdissant, le corps de Dawa avait été projeté en l'air et n'était retombé que très lentement, comme un vieux manteau ouaté. Quand Nyima était accouru, Dawa était déjà mort ; son visage était d'un blanc cadavérique, mais ses traits avaient pris une apparence ordinaire, comme ceux de quelqu'un de normal.

— Maintenant que tu es mort, tu es devenu très beau, s'est exclamé Nyima en pleurant.

Le chauffeur s'était vite esquivé au volant de son camion. Certains ont poussé Nyima à aller déposer plainte pour le faire arrêter. Mais il s'y est refusé :

— Non, oubliez ça, je pense que c'est la faute de Dawa parce qu'il n'était pas très bien dans sa tête.

Au moment de l'accident, j'étais à l'étranger et je n'ai pas pu revenir à temps. Tout ce que je sais de la mort de Dawa, c'est ce qu'on m'en a raconté. Maintenant, si je reviens au village, c'est pour voir Nyima. On m'a dit que les funérailles de Dawa avaient été très simples et je regrette beaucoup de n'avoir pu y assister.

En arrivant chez lui, je ne savais toujours pas ce que j'allais lui dire en le voyant. Dans des moments pareils, je ne sais jamais que dire, c'est vraiment pénible. En dehors de son petit frère, je pense que je dois être son ami le plus proche. C'est ce qu'il m'a dit bien des fois. En raison même de cette relation privilégiée, je me sens une sorte de devoir envers lui après la mort de son petit frère, et cela me rend extrêmement nerveux.

Quand il m'a vu, il ne m'a pas laissé ouvrir la bouche.

— Je suis à tuer, m'a-t-il dit aussitôt, c'est moi qui ai causé la mort de Dawa par mes imprécations.

Après cela, c'était encore plus dur de trouver quelque chose à lui dire. Mais il a continué :

— Si je n'avais pas tout le temps répété cette malédiction, peut-être que Dawa ne serait pas mort.

Là, j'ai soudain trouvé quelque chose à lui répondre :

— C'est seulement parce que tu souffrais que tu disais cela.

Je n'aurais jamais pensé que ce serait la première chose que je lui dirais. C'est alors qu'il m'a regardé bien en face et m'a demandé :

— Tu le penses vraiment ?

J'ai hoché la tête, mais il m'a dit :

— Il y a des gens qui prétendent qu'il est mort parce que je le maudissais trop souvent.

J'ai répondu ce qui me semblait le plus approprié, vu les circonstances :

— La vie et la mort sont de nature impermanente, c'est le lot de tout le monde.

Après coup, ces paroles m'ont semblé parfaitement stupides et inopportunes. Elles n'ont eu aucun effet apaisant, au contraire, elles ont provoqué sa colère :

— Si je pouvais attraper ce chauffeur sanguinaire qui a pris la fuite après l'avoir percuté, je lui ferais la peau, je l'étriperais !

J'ai été un peu effrayé de le voir dans cet état et je n'ai pu m'empêcher de lui dire :

— La vie et la mort sont de nature impermanente, il ne faut pas que tu prennes les choses autant à cœur.

Je pensais avoir trouvé les paroles appropriées, mais il s'est mis à pleurer à chaudes larmes.

Après avoir séché ses larmes et sa morve du revers de la main et l'avoir essuyée sur son pantalon, il m'a dit :

— Si je le prends tellement à cœur, c'est parce que je suis responsable de sa mort.

Et il a de nouveau fondu en larmes.

J'étais bouleversé car je n'avais encore jamais vu quelqu'un pleurer ainsi.

— Tu te rappelles, m'a-t-il demandé à travers ses larmes, un jour où nous avions emmené paître les moutons, je t'ai dit que j'aimerais le pousser dans un précipice ?

J'ai fait oui de la tête ; je m'en souvenais très bien, et je me souvenais aussi de ma stupeur, ce jour-là.

— Qu'est-ce qui m'a pris ? Je le pensais vraiment. C'est certainement que j'étais possédé ! Je suis sûr que c'est sous l'emprise d'un esprit démoniaque que par mes malédictions j'ai provoqué sa mort.

— Mais non, ai-je rétorqué, ce n'est qu'un accident, je puis témoigner que tu n'y es pour rien.

J'ai aussitôt pensé que c'étaient encore des propos stupides, mais il m'a regardé d'un air déconcerté et ses pleurs se sont peu à peu calmés. C'est avec quelques sanglots encore dans la voix qu'il a ajouté :

— Quand l'accident est arrivé, je n'y étais pas, c'est sûr, mais j'ai eu l'intuition de ce qui se passait.

Là j'ai eu peur ; il a fait une pause, le temps de cesser complètement de pleurer, et a poursuivi gravement :

— Ce jour-là, j'ai vu la couleur de la mort.

Je lui ai jeté un regard effaré, en attendant qu'il continue. C'est alors qu'il m'a dit :

— Je n'avais jamais imaginé que la mort puisse avoir une couleur.

Il s'est de nouveau arrêté, et moi, j'attendais la suite.

— C'est en voyant cette couleur que j'ai su tout de suite qu'il était arrivé quelque chose à Dawa.

Il avait éveillé ma curiosité, j'aurais voulu savoir comment elle était, la couleur de la mort, mais je me suis dit que ce n'était pas le moment d'insister. Il a quand même précisé :

— C'est une couleur qu'on ne voit pas souvent en ce monde, mais quand on la voit, on peut être sûr que quelqu'un est mort.

Je n'avais plus en tête que cette question obsédante, quelle était la couleur de la mort, alors je ne me rappelle plus très bien de quoi on a parlé ensuite.

Ce n'est que le soir, quand je suis allé dîner avec Nyima, que j'ai réalisé que Drolma n'était pas revenue le voir. Je lui ai posé la question :

— Et Drolma ?

— Depuis l'enterrement de Dawa, elle ne m'a pas adressé la parole.

— Pourquoi donc ? me suis-je étonné.

— Je n'en sais rien, qui peut savoir avec les femmes…

Je n'ai rien dit, mais il m'a demandé d'aller la voir le lendemain.

Le lendemain, je suis donc allé voir Drolma. En chemin, j'ai rencontré des gens que je connaissais, qui m'ont demandé si j'allais voir Drolma. Comme j'acquiesçais, ils ont hoché la tête d'un air grave.

— J'y vais pour Nyima, leur ai-je expliqué.

— Tu as raison, vas-y vite ! m'ont-ils répondu d'un air tout aussi grave

Je suis donc allé directement chez Drolma, sans comprendre ce qu'ils voulaient dire.

Quand elle m'a vu, Drolma s'est précipitée dans mes bras et a fondu en larmes. Elle a pleuré longtemps ainsi, sans que je cherche à l'arrêter : il valait mieux la laisser pleurer. Quand elle a eu fini, elle m'a demandé :

— Tu m'as aimée, n'est-ce pas ?

— Comment peux-tu me demander une chose pareille dans les circonstances actuelles ? ai-je répliqué d'un air sévère.

— Je sais que tu m'as aimée, alors maintenant épouse-moi.

Je lui ai jeté un regard ébahi. Mais elle m'a expliqué avec beaucoup de naturel :

— Maintenant, tout ce que je cherche, c'est quelqu'un qui m'aime et qui veuille m'épouser.

— Et Nyima, alors ? ai-je demandé.

— Il ne m'aime pas, a-t-elle répondu. Il ne pense qu'à Dawa. Ce n'est qu'après sa mort que je l'ai compris.

Je l'ai repoussée en disant :

— Ce n'est pas possible, Nyima t'aime et t'a toujours aimée.

— C'est aussi ce que je pensais avant, mais maintenant j'ai enfin réalisé qu'il n'y a pas de place pour moi dans son cœur.

— Et pourquoi ? ai-je demandé.

— C'est comme ça, je le sais, a-t-elle répété, il n'y a pas de place pour moi dans son cœur.

— Il faut que tu me donnes une raison, ai-je insisté.

Elle est restée dans le vague :

— Ce n'est pas facile à dire.

— Comment ça, pas facile à dire ? Donne-moi quand même une raison.

Après un moment de réflexion, elle s'est mise à raconter :

— Il y a une dizaine de jours, une fois les funérailles de Dawa terminées, Nyima est accouru tout excité à la maison pour me proposer qu'on se marie. J'étais ravie, évidemment, cela faisait tellement longtemps que j'en rêvais. Mais je lui ai dit d'attendre un peu, que ce n'était pas un moment approprié pour parler de mariage. Il m'a rétorqué que si, que nous avions déjà trop attendu. Je n'ai rien dit, mais mon silence était un consentement tacite.

Sur ces paroles, elle s'est tue.

— C'est formidable, non ? ai-je dit en la regardant droit dans les yeux, c'est bien ce que tu voulais, te marier avec lui ?

Mais elle a déclaré :

— Non, s'il voulait m'épouser, ce n'est pas parce qu'il m'aimait.

— Comment ça ? me suis-je exclamé.

Mais elle est restée muette.

Comme je la regardais fixement, elle s'est mise peu à peu à rougir, et ce n'est qu'au bout d'un moment qu'elle a repris :

— Ce soir-là, il a voulu rester avec moi, et moi j'étais d'accord pour coucher avec lui. Mais, d'habitude, il prenait des précautions : il préparait un préservatif en disant que, s'il arrivait quelque chose, on serait bien embêtés. Or, ce soir-là, il ne l'a pas fait ; comme je trouvais ça bizarre, je lui ai demandé pourquoi il n'en prenait pas. Il m'a répondu qu'il voulait avoir un enfant. Mais on n'est pas encore mariés, ai-je protesté, ce n'est pas bien. Alors il m'a raconté qu'il était allé consulter un *tulku* et que celui-ci avait dit que Dawa allait se réincarner et qu'il serait de retour chez lui dans les quarante-neuf jours, mais que, si on laissait passer l'occasion, après, ce serait trop tard…

Elle s'est interrompue et je ne savais plus que dire, je n'osais même plus la regarder en face ; j'avais l'impression d'avoir fait une bévue, d'une certaine manière.

Alors elle m'a dit :

— Tu vois bien qu'en dehors de son frère, rien n'a d'importance pour lui ; moi, je ne suis qu'un instrument.

J'ai baissé la tête encore plus. Je ne savais donc pas si elle me regardait quand elle a repris :

— Je l'ai éjecté du lit à coups de pied et je l'ai jeté dehors.

Là, j'ai relevé la tête.

— Je ne veux plus le revoir, a-t-elle dit en me regardant droit dans les yeux.

J'ai à nouveau baissé la tête.

— Maintenant, je veux juste trouver un mari qui m'aime, est-ce que tu veux m'épouser, oui ou non ?

Après avoir réfléchi, j'ai relevé la tête pour dire :

— Tu sais bien que c'est Nyima qui t'aime le plus.

— Ça, c'est effectivement ce que je pensais, a-t-elle dit sèchement, avec un petit rire froid.

— Tu sais ce que Nyima disait souvent à Dawa, quand il était encore vivant ?

— Non, c'était quoi ?

— Il lui disait souvent : Si tu pouvais mourir, enfoiré, je pourrais épouser Drolma.

Elle a eu l'air de se ressaisir et m'a regardé d'un air absent.

— C'est seulement quand tu n'étais pas là qu'il disait cela, il avait très peur de te perdre ; maintenant, il veut inviter Dawa à revenir. Vous êtes les deux personnes les plus importantes de sa vie.

Drolma m'a regardé en entrouvrant très légèrement la bouche, et je lui ai dit :

— Va vite voir Nyima, c'est maintenant qu'il a le plus besoin de toi.

Drolma est sortie avec moi ; une fois dehors, j'ai repensé aux paroles de Nyima et je lui ai demandé :

— Est-ce que Nyima t'a raconté qu'il avait vu la couleur de la mort ?

— Oui, m'a-t-elle répondu, ces derniers temps, il dit beaucoup de choses bizarres.

— Et est-ce que tu lui as demandé comment c'est, la couleur de la mort ?

— Non, m'a-t-elle répondu, ce n'est pas mon habitude de poser des questions sur des choses aussi bizarres, ça n'a pas de sens.

Arrivés à un croisement, nous sommes partis chacun de notre côté, mais au moment de la quitter, je lui ai répété :

— Va vite t'occuper de Nyima.

Elle a acquiescé de la tête et s'est éloignée.

— Dis-lui que je vais bientôt revenir le voir ! lui ai-je crié.

TABLE

Achevé d'imprimer sur les presses
de l'imprimerie Liberduplex
Sant Llorenç d'Hortons (Barcelone),
Espagne

Dépôt légal : août 2022